KÖNIGSBERG
ELBE
BERLIN
WITTENBERG
REICH
WEICHSEL
WARSCHAU
KÖNIGREICH POLEN
DRESDEN
ODER
KRAKAU
PRAG
MÜNCHEN
WIEN
BUDA
ÖSTERREICH
ORTE / STÄDTE DER TÄUFER

Für Emil und Christina,
Alexander Hogh

ALEXANDER HOGH

GOTTESKRIEGER

EINE WAHRE GESCHICHTE AUS DER ZEIT DER REFORMATION

ILLUSTRIERT VON LUKAS KUMMER

MIT EINEM NACHWORT VON RALF KLÖTZER

TINTENTRINKER VERLAG

VORWORT DES AUTORS

Dieser Comic erzählt die wahre Geschichte des jungen Schreiners Heinrich Gresbeck, der im 16. Jahrhundert in einen Glaubenskrieg auf Leben und Tod gerät: den Kampf um das Täuferreich von Münster. Sein Augenzeugenbericht gilt heute als „eine der wichtigsten Quellen für die Geschichte der Täuferstadt" – so der Experte Ralf Klötzer. Doch enthält Heinrichs Text kaum Persönliches, nichts über seine Familie und Freunde, nichts über seine Ängste und Hoffnungen.

Einige biographische Details konnte die Forschung ermitteln: Heinrich geht zu Beginn der Belagerung nach Münster, um seiner Mutter beizustehen. In der belagerten Stadt nimmt er die Taufe an und heiratet. Heinrich gehört nicht zum Führungszirkel der Täufer, sondern dient als einfache Wache an einem Stadttor. 15 Monate nach seiner Ankunft entscheidet er sich zur heimlichen Flucht. Den Belagerern zeigt Heinrich den Weg in die Stadt.

Der Comic versucht anhand dieser wenigen Fakten, die Geschichte Heinrichs und die des Täuferreichs zu rekonstruieren – ergänzt durch weitere historische Quellen wie die Berichte von Besuchern der Stadt, dazu Flugblätter, Predigten, Protokolle, Briefe und die erste historische Darstellung aus dem 16. Jahrhundert. Die dramatischen Ereignisse von damals werden soweit als möglich auf eine historisch fundierte Grundlage gestellt.

Um das Geschehen vor fast 500 Jahren jedoch wieder zum Leben zu erwecken, musste die historische Überlieferung um verschiedene fiktive Elemente erweitert werden. So ist Jakob, Heinrichs Freund, eine erfundene Person. Über Heinrichs Ehe kennen wir keine Details, auch Rebecca ist ein fiktiver Charakter. Die Figur der Elisabeth ist inspiriert von der historischen Elisabeth Wandscherer, die den „Täuferkönig" heiratet und später von ihm geköpft wird.

Jan van Leiden, Jan Matthys, der Fürstbischof und andere Figuren sind historisch belegt und wurden nah an den Quellen rekonstruiert. Auch die Handlungsstränge des Comics beruhen über weite Strecken auf der historischen Überlieferung. Hier und da wurde aus dramaturgischen Gründen die Chronologie umgestellt, wurden mehrere Ereignisse in einer Szene verdichtet, Details weggelassen und Lücken in der Erzählung ergänzt.

Natürlich stellt GOTTESKRIEGER eine Interpretation der damaligen Ereignisse dar, natürlich handelt es sich – wie bei jeder historischen Darstellung – um eine Konstruktion. Und dennoch unternimmt der Comic den Versuch, die „wahre" Geschichte des Heinrich Gresbeck und die der Belagerung von Münster in den Jahren 1534/35 so getreu und so glaubwürdig wie möglich nachzuerzählen.

AUF MICH KÖNNT IHR NICHT ZÄHLEN.
ABER DER GRAF WILL EURE GESCHICHTE AUFSCHREIBEN LASSEN, MEISTER HEINRICH.
DAS VERGANGENE IST VERGANGEN.
DARF ICH MICH SETZEN?
IHR KÖNNT DER WELT VON DEN ABSCHEULICHEN VERBRECHEN DER WIEDERTÄUFER BERICHTEN.
DIE TÄUFER WAREN NICHT SCHLECHTER UND NICHT BESSER ALS DIE ANDEREN.

BEI HOF HEISST ES, OHNE EUCH WÄRE MÜNSTER NICHT EROBERT WORDEN.
IHR HABT DIE KETZER BESIEGT. EIN STREITER GOTTES!
GOTT HATTE MIT DIESER SACHE NICHTS ZU TUN.
ABER IHR WART EIN HELD.
BEIM KAMPF UM MÜNSTER GAB ES KEINE HELDEN.
BIS HEUTE FRAGE ICH MICH, OB ICH FALSCH GEHANDELT HABE.
KÖNNTE MEIN FREUND VIELLEICHT NOCH LEBEN?

ALLES BEGANN IM WINTER 1534.
KEINE GNADE!
TOD DEN FREVLERN!
ER SOLL BRENNEN!
ZURÜCK MIT EUCH, DER WIEDERTÄUFER HAT ALLES GESTANDEN.

ER HAT GOTT GELÄSTERT.
WERFT IHN INS FEUER!
DAS IST DIE GERECHTE STRAFE.
DIE BEKOMMT ER SCHON. WIR BRINGEN IHN NACH KÖLN, DA WARTET DER SCHEITERHAUFEN AUF IHN.
FÜR EUCH GIBT'S HIER NICHTS MEHR ZU SEHEN.
DEINE SEELE WIRD IN DER HÖLLE SCHMOREN.
ANSPANNEN, WIR BRECHEN AUF.

ICH HATTE MITLEID MIT IHM.
HIER. TRINK.
DIE WELT IST VERLOREN, DAS JÜNGSTE GERICHT IST NAH. RETTE DEINE SEELE.
WAS WILLST DU VON MIR? LASS MICH LOS.
NUR EIN ORT WIRD ÜBERLEBEN: MÜNSTER, DAS NEUE JERUSALEM.
LIES!
ICH KANN NICHT LESEN.

ES BEDEUTET: DAS WORT WIRD FLEISCH.
D · W · W. F.
VORWÄRTS!
GEH DAMIT NACH MÜNSTER. DORT TRIFFST DU DIE WAHRE GEMEINSCHAFT GOTTES.
WARTE NICHT, BIS ES ZU SPÄT IST.

DAS WORT WIRD FLEISCH – WAS BEDEUTET DAS?
DASS DIE WIEDER-TÄUFER EIN HAUFEN VERRÜCKTER SIND.
ER MEINTE, MÜNSTER SEI DAS NEUE JERUSALEM.
SAG ICH DOCH, EIN HAUFEN VERRÜCKTER.
IHR REDET VON MÜNSTER? DA KOMME ICH GERADE HER.
ERZÄHLT. WIE SIEHT ES DORT AUS?
ES GEHT DRUNTER UND DRÜBER. IMMER MEHR KETZER STRÖMEN IN DIE STADT.

ABER DIE TÄUFER WERDEN DOCH IM GANZEN REICH VERFOLGT?
NICHT IN MÜNSTER. VIELE BÜRGER HABEN SICH SOGAR SCHON SELBST TAUFEN LASSEN. DIE GUTEN CHRISTEN FLIEHEN AUS DER STADT.
ICH MUSS LOS.
WO WILLST DU HIN?
LASS MICH. ICH GEHE NACH MÜNSTER.

AUSGERECHNET JETZT?
HAST DU VERGESSEN, DASS MEINE MUTTER DORT LEBT?
SIE IST GANZ ALLEIN. ICH MUSS IHR JETZT BEISTEHEN.
DIE TÄUFER MACHEN MIR KEINE ANGST.
ANGST? WER HAT DENN HIER ANGST?
ES KANN GEFÄHRLICH WERDEN.
DANN BEGLEITE ICH DICH ERST RECHT.
DAS VERGESSE ICH DIR NICHT.

DIE TÄUFERBEWEGUNG ENTSTAND IN DER SCHWEIZ.
ZÜRICH 1525
IHRE ANHÄNGER GLAUBTEN FEST AN DIE IDEEN DER REFORMATION.
LUTHER UND ZWINGLI HABEN RECHT: ALLEIN DAS WORT GOTTES SOLL UNS LEITEN.
DOCH BALD SCHON WAREN SIE VON DER REFORMIERTEN KIRCHE ENTTÄUSCHT.
DAS IST SÜNDE. KINDSTAUFEN WERDEN IN DER HEILIGEN SCHRIFT NICHT ERWÄHNT.
DIE TÄUFER WURDEN AUS DER STADT VERTRIEBEN.
IHR VERRATET DAS WORT GOTTES. IHR SEID NICHT BESSER ALS DIE KATHOLIKEN.
SO ABER KONNTEN SIE IHREN GLAUBEN ÜBERALL VERBREITEN.
KEIN CHRIST SOLL ÜBER EINEN ANDEREN HERRSCHEN. KEIN CHRIST SOLL EINE WAFFE TRAGEN.
IM GANZEN REICH FANDEN SIE ANHÄNGER.
ICH TAUFE DICH IM NAMEN DES VATERS, DES SOHNES UND DES HEILIGEN GEISTES.

DIE KIRCHEN VERFLUCHTEN DIE TÄUFER.
MIT IHREN GOTTLOSEN LEHREN VERWIRREN SIE DIE CHRISTEN.
UND AUCH DEN FÜRSTEN WAREN SIE BALD EIN DORN IM AUGE.
VON MIR BEKOMMT IHR NICHTS! KRIEGSSTEUERN ZAHLE ICH NICHT.
KATHOLIKEN WIE PROTESTANTEN VERURTEILTEN AUF EINEM REICHSTAG DIE TÄUFER.
SPEYER 1529
JEDER WIEDERTÄUFER, OB MANN ODER FRAU, SOLL MIT FEUER, SCHWERT ODER DERGLEICHEN GETÖTET WERDEN.
IM GANZEN REICH WURDEN DIE TÄUFER SEITDEM VERFOLGT.
WIR MÜSSEN UNS WEHREN.
KEINE GEWALT. WIR SIND IN GOTTES HAND.
OB KATHOLIKEN ODER PROTESTANTEN – SIE KANNTEN KEINE GNADE.
SCHWÖRT DEM IRRGLAUBEN AB UND IHR WERDET LEBEN.
DOCH IM GEHEIMEN LEBTE DIE TÄUFERBEWEGUNG FORT.
SEID IHR BEREIT, FÜR DAS WORT GOTTES ZU LEIDEN?

AN EINEM KALTEN FEBRUARTAG BRACHEN WIR NACH MÜNSTER AUF.
WANN SIND WIR ENDLICH DA?
WIR FRAGEN NACH.
GOTT ZUM GRUSS. WISST IHR, WIE WEIT ES NOCH NACH MÜNSTER IST?
WAS WOLLT IHR DENN DORT?

WISST IHR ES ODER NICHT?
BIS NACH MÜNSTER SIND ES KEINE ZWEI MEILEN MEHR. ABER DAS HILFT EUCH NICHTS.
DER FÜRSTBISCHOF BELAGERT DIE STADT. SEINE SÖLDNER SPERREN DIE STRASSEN.
ES MUSS DOCH EINEN WEG GEBEN?
VIELLEICHT KOMMT IHR DURCH, WENN ES DUNKEL IST. HELFT MIR, DANN KÖNNT IHR BIS ZUR NACHT BLEIBEN.
VON SÖLDNERN WAR NIE DIE REDE.
GIB NICHT SO SCHNELL AUF.
VERTRAU AUF GOTT.

ICH HOFFE, IHR HABT EUCH DAS GUT ÜBERLEGT.
MIT SÖLDNERN UND TÄUFERN WERDEN WIR SCHON FERTIG.
WIR HABEN ZEICHEN GESEHEN.
WAS FÜR ZEICHEN?
AM HIMMEL.
WIR SAHEN EINEN MANN IN DER LUFT. VON SEINEN HÄNDEN TROPFTE BLUT.
BLUT?
STRÖME VON BLUT.

EIN BÖSES VORZEICHEN.
FEUER UND SCHWEFEL WIRD DER HERR AUF DAS GOTTLOSE MÜNSTER REGNEN LASSEN.
DRAUSSEN IST ES BALD DUNKEL. WIR BRECHEN JETZT AUF.
VIEL GLÜCK UND GOTTES SEGEN MIT EUCH.
IHR KÖNNT ES GEBRAUCHEN.

SCHON VON WEITEM SAHEN WIR DIE ZELTE DER SÖLDNER.
ELENDE KÄLTE. WANN DIE STADT WOHL FALLEN WIRD?
MÜNSTER IST STARK BEFESTIGT.
ACH WAS! WIR VERNICHTEN DIE KETZER. UND DANN WIRD GEPLÜNDERT.
SEID RUHIG, IHR HUNDE. IHR STÖRT DEN FÜRSTBISCHOF.

SIE HABEN MIR MEINE STADT GERAUBT. ABER ICH WERDE DAS NICHT HINNEHMEN. NIEMALS.

INZWISCHEN SOLL HALB MÜNSTER DIE TAUFE ANGENOMMEN HABEN.

DIE BÜRGER GLAUBEN, SIE SEIEN IM RECHT.

ES SIND KETZER. ICH WERDE ZURÜCKHOLEN, WAS MIR GEHÖRT.
MÜNSTER BLEIBT KATHOLISCH.

SEIT MARTIN LUTHER PAPST UND KAISER DIE STIRN GEBOTEN HATTE, WAR DIE CHRISTENHEIT GESPALTEN.
WORMS 1521
ICH KANN UND WILL NICHTS WIDERRUFEN. GOTT HELFE MIR, AMEN!
IM GANZEN REICH BREITETEN SICH SEINE LEHREN AUS.
SCHAUT HER! LUTHER HAT ES ERKANNT: DER PAPST IST DER ANTICHRIST!
DIE REFORMATION ERREICHTE AUCH DIE BISCHOFSSTADT MÜNSTER IN WESTFALEN.
1533 WAREN VIELE BÜRGER IN MÜNSTER FÜR DIE REFORMATION. SIE WOLLTEN DEN BISCHOF LOSWERDEN UND IHRE STADT SELBST REGIEREN.
DER BISCHOF HAT DEN VERTRAG UNTERSCHRIEBEN. DAMIT HERRSCHT GLAUBENSFREIHEIT.
DOCH DER FRIEDEN HIELT NICHT LANGE. VIELE GEISTLICHE SYMPATHISIERTEN MIT DEN TÄUFERN.
LUTHERS IDEE VOM ABENDMAHL IST FALSCH. GLAUBT NICHT, DASS GOTT IM BROT SEI – ER IST IM HIMMEL.
BALD STRITTEN KATHOLIKEN, PROTESTANTEN UND TÄUFER UM DEN WAHREN GLAUBEN – UND UM DIE MACHT IN DER STADT.

LASST UNSEREN PREDIGER FREI REDEN.
DAS IST EINE EVANGELISCHE STADT.
WANN KEHRT ENDLICH DER BISCHOF ZURÜCK?
ARGWÖHNISCH VERFOLGTE DER BISCHOF DAS GESCHEHEN IN MÜNSTER.
WIR FORDERN DIE BÜRGER MÜNSTERS AUF, GEGEN DIESE VERFLUCHTE SEKTE VORZUGEHEN. ANSONSTEN WERDEN WIR SELBST DIE ORDNUNG IN UNSERER STADT WIEDERHERSTELLEN.
AUS HOLLAND KAMEN VIELE TÄUFER NACH MÜNSTER.
SEID WILLKOMMEN, LIEBE BRÜDER UND SCHWESTERN! HIER HABT IHR NICHTS ZU BEFÜRCHTEN.
IMMER MEHR BÜRGER LIESSEN SICH TAUFEN. BEI DER WAHL DES STADTRATS IM FEBRUAR 1534 GEWANNEN DIE ANHÄNGER DER TÄUFER ALLE SITZE.
DIE STADT GEHÖRT UNS!
BALD WIRD DER HERR SEIN VOLK ERLÖSEN.

MIT KLOPFENDEN HERZEN SCHLICHEN WIR AN DEN WACHEN VORBEI.
HALT!

WER SEID IHR? UND WAS MACHT IHR HIER?
WIR WOLLEN IN DIE STADT, MEINE MUTTER LEBT DORT.
HIER KOMMT IHR NICHT DURCH. WIR BEWACHEN DIE TORE ZUM NEUEN JERUSALEM.
DANN ZEIGT EUCH ALS GUTE CHRISTEN UND HELFT UNS.
VERSCHWINDET, SOLANGE IHR NOCH KÖNNT.
DAS WORT WIRD FLEISCH!
IHR GEHÖRT ZU DEN LIEBEN BRÜDERN? WARUM SAGT IHR DAS NICHT GLEICH? JEDE VERSTÄRKUNG IST WILLKOMMEN.

DIE PAROLE?
DAS LICHT DER WAHRHEIT IST HERVORGEBROCHEN.
FOLGT MIR.

DAS IST JETZT UNSERE STADT. BALD WIRD DER HERR ERSCHEINEN.
UND DIE GOTTLOSEN BESTRAFEN.
HIER WOHNT DIE ANNA GRESBECK. GOTTES FRIEDE SEI MIT EUCH, LIEBE BRÜDER.
HEINRICH, BIST DU ES WIRKLICH?
MUTTER.

SIE SIND WIE BESESSEN UND REDEN DIE GANZE ZEIT VOM ENDE DER WELT.
ERST GESTERN WÄLZTE SICH EINER AUF DEM MARKT IM DRECK UND SCHRIE „TUT BUSSE". VIELE NACHBARN HABEN MÜNSTER VERLASSEN.
UND, WOLLT IHR NICHT AUCH GEHEN?
SOLL ICH MEIN HAUS IM STICH LASSEN?
DER SPUK IST SICHER BALD VORBEI.
WIR SOLLTEN JETZT SCHLAFEN.
UND MORGEN KÖNNT IHR EUCH SELBST EIN BILD MACHEN.

DAS LEBEN IST KEIN SPIEL. FORT MIT ALLEM ZEITVERTREIB.
DIE REINIGENDE FLAMME SOLL DIE LÜGEN VERNICHTEN.
SCHLUSS MIT ALLEM GÖTZENDIENST.
DAS IST GOTTESLÄSTERUNG.
SEID IHR NEU HIER?
WISST IHR NICHT, DASS MARIA NUR EIN MENSCH WAR?
UND NIEMAND SOLL MENSCHEN ANBETEN.

ABER DIE MUTTERGOTTES IST HEILIG.
DANKT DEM HERRN, DASS ER EUCH HIERHER GEFÜHRT HAT. WIR WERDEN EUCH VOM IRRGLAUBEN BEFREIEN.
VERBRENNT DIE SCHULDSCHEINE – EIN CHRIST SOLL KEINE ZINSEN NEHMEN. UND VERBRENNT ALLE BESITZURKUNDEN, NIEMAND SOLL MEHR HABEN ALS EIN ANDERER! WIR SIND ALLE GLEICH.
WER SEID IHR?
MAN NENNT MICH JAN VAN LEIDEN.

VIELLEICHT HABEN SIE JA RECHT.
DIE REICHEN LEBEN AUF KOSTEN DER ARMEN. SEHR CHRISTLICH IST DAS NICHT.
ABER ES WAR DOCH IMMER SCHON SO.
DESHALB MUSS ES NICHT SO BLEIBEN.
VIELLEICHT WILL GOTT JA WIRKLICH DURCH DIE TÄUFER EINE GERECHTERE WELT ERSCHAFFEN.

BÜRGER VON MÜNSTER...
...KOMMT ALLE ZUM MARKT. ES GIBT GROSSE NEUIGKEITEN!
KOMMT ALLE! JETZT GLEICH.
LIEBE BRÜDER UND SCHWESTERN.
DIE ZEIT DER ERNTE IST NAH.
DER HERR HAT UNS EINEN SENDBOTEN GESCHICKT UND IHM GROSSE DINGE OFFENBART.

ER WIRD UNS DEN WEG WEISEN.
ICH BIN JAN MATTHYS AUS AMSTERDAM.
DER HEILIGE GEIST HAT MIR BEFOHLEN, NACH MÜNSTER ZU KOMMEN. ICH SOLL HIER DIE NEUE KIRCHE ERRICHTEN.
DENN DIE ALTE IST VERDAMMT.
UM ABER GEGEN DIE GOTTLOSEN ZU BESTEHEN, MÜSSEN WIR EINIG SEIN. DESHALB SOLL SICH JEDER TAUFEN LASSEN.
DIE UNWILLIGEN ABER WERDEN DIE STADT VERLASSEN.

IHR WISST, WAS MIT DEN TÄUFERN DRAUSSEN GESCHIEHT.
WIR KÖNNEN NICHT EINFACH WEGRENNEN. DENK AN MUTTERS HAUS.
VIELE LIESSEN IHR ALTES LEBEN HINTER SICH UND NAHMEN DIE TAUFE AN.
NAME? ALTER?

ICH TAUFE DICH IM NAMEN DES VATERS...
...UND DES SOHNES...
UND DES HEILIGEN GEISTES.
SEHT IHR, SO SCHLIMM WAR ES DOCH NICHT.
WER SIND DIESE LEUTE?
ES SIND DIE GOTTLOSEN, DIE SICH DER TAUFE VERWEIGERN.

UND WAS GESCHIEHT MIT IHNEN?
WIR FÜHREN SIE AUS DER STADT.

IMMERHIN HATTEN SIE EINE WAHL.

AM OSTERTAG RIEF JAN MATTHYS UNS AUF DEM DOMPLATZ ZUSAMMEN.
DIE ZEIT DES HERRN IST DA, JESUS CHRISTUS KEHRT AUF DIE ERDE ZURÜCK. ICH WERDE VOR DIE STADT ZIEHEN, DIE GOTTLOSEN VERTREIBEN UND IHN WILLKOMMEN HEISSEN.
SEID BEREIT FÜR DAS JÜNGSTE GERICHT.
♪ EIN FESTE BURG IST UNSER GOTT...

♪ ...EIN GUTE WEHR UND WAFFEN.
WAS WOLLEN DIE PAAR MÄNNER AUSRICHTEN?
ALLES. GOTT IST BEI IHNEN.
♪ UND WENN DIE WELT VOLL TEUFEL WÄR UND WOLLT UNS GAR VERSCHLINGEN...

SEHT!
WAS SOLLEN WIR TUN?
VERTRAUE AUF GOTT.
SIE MARSCHIEREN EINFACH WEITER.
IHNEN KANN NICHTS PASSIEREN.

SCHAUT HER, IHR KETZER.
WOLLT IHR EUREM ANFÜHRER NICHT BALD IN DEN HIMMEL FOLGEN?

WARUM IST DER HERR NICHT ERSCHIENEN?
VIELLEICHT IRREN DIE TÄUFER JA.
ICH WEISS ES NICHT.
WARTEN WIR AB, WAS JAN VAN LEIDEN UNS ZU SAGEN HAT.
BRÜDER UND SCHWESTERN.

VERZAGT NICHT. DER PROPHET UND SEINE MÄNNER STARBEN ALS MÄRTYRER.
SIE SIND JETZT BEI GOTT. FÜR UNS ABER IST DIE ERLÖSUNG NOCH NICHT DA.
NOCH GIBT ES ZU VIEL SÜNDHAFTES IN DER STADT, DAS AUSGEROTTET WERDEN MUSS.
HELFT UNS, DIE FALSCHEN BILDER ZU ZERSTÖREN.

NICHT ZU FASSEN. SIE VERSCHONEN NICHTS.
WARUM TUT IHR DAS?
„DU SOLLST DIR KEIN BILDNIS MACHEN IN KEINERLEI GESTALT“ – SO STEHT ES IN DER HEILIGEN SCHRIFT.
ES IST EIN FREVEL, ETWAS ZU ERSCHAFFEN, WAS NUR GOTT ERSCHAFFEN KANN.
JAKOB, ICH WEISS, DASS DEINE SEELE REIN IST.
WILLST DU DEINEN BRÜDERN NICHT HELFEN…
…DIE SYMBOLE DES UNGLAUBENS ZU VERNICHTEN?

WIE DIESE GÖTZENBILDER ...
... MÜSST IHR AUCH EUER ALTES ...
... FALSCHES ICH ZERSTÖREN.
DAS NEUE JERUSALEM IST ENDLICH GESÄUBERT UND REIN!
GOTT LIEBT DICH. WILLKOMMEN IN DEINER NEUEN FAMILIE.

LEGT DIE DIELEN NICHT ZU NAH ANEINANDER, BEI REGEN QUELLEN SIE AUF.
UND NAGELT DIE BRETTER DOPPELT.
SIE MÜSSEN SCHWERE KANONEN TRAGEN.
DAS MACHT IHR FABELHAFT. VON HIER AUS WERDEN WIR DIE ANGREIFER IN SCHACH HALTEN.
ABER REICHT DAS? VON HIER OBEN ERST SIEHT MAN, WIE GROSS DAS SÖLDNERHEER IST.
FOLGT MIR.

MÜNSTER HAT NICHT NUR STARKE MAUERN. WIR STELLEN UNSER SCHIESSPULVER SELBER HER.
SOGAR KANONENGIESSER SIND UNTER UNS.
WIR WERDEN UNS GEGEN DIE GOTTLOSEN WEHREN. WOLLT IHR DABEI HELFEN, UNSERE FRAUEN UND KINDER ZU BESCHÜTZEN?
HEINRICH, ICH MÖCHTE, DASS DU DEN STOSSTRUPP ANFÜHRST.

BALD WERDEN WIR ES DEN UNGLÄUBIGEN HEIMZAHLEN.
DU SCHEINST DICH JA RICHTIG AUF MORGEN ZU FREUEN.
UNSER KAMPF IST GERECHT.
HAST DU KEINE ANGST?
ANGST? ENDLICH WERDEN DIE MAL ANGST VOR UNS HABEN.
UND FALLS WIR NICHT ZURÜCKKEHREN?
DER PROPHET SAGT: MÄRTYRER STERBEN MIT EINEM LÄCHELN.

IM MORGENGRAUEN SCHLICHEN WIR AUS DER STADT.
AUF SIE. GOTTES STARKER ARM IST MIT UNS!!

VERNAGELT DIE ZÜNDÖFFNUNGEN, DANN SIND DIE KANONEN UNBRAUCHBAR.
BEEILT EUCH, SIE KOMMEN ZURÜCK.

DREIZEHN KANONEN HABEN WIR ZERSTÖRT.
HEINRICH HAT KLAREN KOPF BEHALTEN UND UNS HEIL HERAUSGEBRACHT.
IHR SEID SEHR MUTIG.
WIE HEISST DU?
REBECCA.
AUF DEIN WOHL, REBECCA.

REBECCA WAR DIE TOCHTER EINES REICHEN KAUFMANNS.
AMSTERDAM 1534
ICH LIEBE IHN NICHT!
DU GEHORCHST UND HEIRATEST!
WIE KANN GOTT DAS NUR ZULASSEN?
IM HAFENVIERTEL LEBT EIN PROPHET, EIN BÄCKERGESELLE, DER HERR SOLL ZU IHM SPRECHEN. VIELLEICHT KANN ER DIR HELFEN.
HEIMLICH SCHLICH REBECCA IN DAS HAFENVIERTEL.
DORT HÖRTE SIE JAN MATTHYS.
DIE WELT IST VERDORBEN. WIR ABER WOLLEN LEBEN WIE DIE ERSTEN CHRISTEN. WIR WERDEN NUR GOTT GEHORCHEN.
ER SPRACH REBECCA AUS DER SEELE.
WIR MÜSSEN DEN SCHWACHEN HELFEN UND FÜR EINE BESSERE WELT KÄMPFEN.
ENDLICH HATTE IHR LEBEN EINEN SINN.
WIE KONNTEST DU NUR?
ICH FÜHLE MICH WIE NEUGEBOREN, SEIT ICH GETAUFT WORDEN BIN.

JAN MATTHYS ABER HATTE GROSSE PLÄNE.
ES GIBT WUNDERBARE NACHRICHTEN. IN MÜNSTER SOLL SICH DIE WAHRE GEMEINDE CHRISTI SAMMELN.
DAS IST UNSER APOSTEL. ER SOLL DIE LAGE IN MÜNSTER ERKUNDEN. BALD WIRD DER HERR ERSCHEINEN – UND DANN MÜSSEN WIR BEREIT SEIN.
REBECCA WAR WIE AUSGEWECHSELT.
ICH VERSTEHE DICH NICHT MEHR.
JEDER HAT DEN SCHLÜSSEL ZUM PARADIES SELBST IN DER HAND. IN MÜNSTER WERDEN WIR DAS WAHRE REICH GOTTES FINDEN.
DANN KEHRTE DER BOTE ZURÜCK.
ES IST HIMMLISCH DORT. UNSERE BRÜDER UND SCHWESTERN LEBEN OHNE FURCHT.
IN MÜNSTER WERDEN WIR DIE ANKUNFT DES HEILANDS ERWARTEN. LOB UND PREIS DEM HERRN.
REBECCAS ENTSCHLUSS STAND FEST.
ES TUT MIR LEID, LIEBE ELTERN.
ABER ICH MUSS MEINEM GEWISSEN FOLGEN.

NACH DEM SIEG WAREN ALLE IN HOCHSTIMMUNG.
GOTT IST MIT UNS. DAS WOLLEN WIR FEIERN.

WILLST DU MIR DIE FREUDE MACHEN, REBECCA?

GENUG.
WACHT AUF. IHR SEID TRÄUMER. IHR FEIERT HIER FRÖHLICH, ABER DIE FEINDE VOR DEN TOREN WARTEN NUR DARAUF, EUCH ALLE ZU TÖTEN.
WIR MÜSSEN DEN UNGLÄUBIGEN ZEIGEN, DASS WIR BIS ZUM LETZTEN ENTSCHLOSSEN SIND.
WAS MEINST DU DAMIT?
DER HERR HAT UNS DAS SCHWERT IN DIE HÄNDE GEGEBEN, UM UNRECHT ZU STRAFEN. DER LANDSKNECHT WILL DIE TAUFE NICHT ANNEHMEN.
NEIN! ER IST NOCH EIN HALBES KIND. ICH HABE IHN GEFANGEN GENOMMEN.

ER IST AUCH MEIN GEFANGENER! DER PROPHET HAT RECHT.
ES IST BESCHLOSSEN.
ERLEDIGT DAS.
HABT ERBARMEN, IM NAMEN GOTTES UND ALLER HEILIGEN.
SCHAFFT IHN FORT! UND JETZT FEIERT WEITER.

WAS HAST DU?
DER JUNGE GEHÖRTE MIR. ICH WAR DER ANFÜHRER.
ICH DACHTE, WIR SIND ALLE GLEICH.
WIR HABEN EINEN WEHRLOSEN GEFANGENEN UMGEBRACHT.
ER HAT GEGEN UNS GEKÄMPFT. ER HAT DIE TAUFE VERWEIGERT.
WILLST DU DIE WELT MIT DEM SCHWERT BEKEHREN?
DER PROPHET SAGT, WIR DÜRFEN NICHT WARTEN. DAS LEBEN IST EINE PRÜFUNG..

ES GIBT NUR HIMMEL ODER HÖLLE.
JAKOB, WARTE, WO WILLST DU HIN?
LANGSAM SOLLTEST DU FARBE BEKENNEN. GEHÖRST DU ZU UNS...
...ODER ZU DENEN?

SEIT GESTERN HÄNGT ER DA.
DAFÜR WERDEN SIE BEZAHLEN.
ICH WERDE DIE VERDAMMTE SEKTE DER WIEDERTAUFE OHNE GNADE VERNICHTEN.
UMSO MEHR FREUT ES MICH...
...DASS UNS JETZT AUCH DIE LUTHERANER UNTERSTÜTZEN.

IN DER TÄUFERFRAGE WAR LUTHER LANGE UNSCHLÜSSIG.
WORUM GEHT ES?
DIE KETZERISCHEN WIEDERTÄUFER IN MÜNSTER.
DIE WAHRE KIRCHE IST WIE EIN ACKERFELD. WEIZEN UND UNKRAUT STEHEN HIER VERMISCHT. SIE WIRD DARAN NICHT ZUGRUNDE GEHEN.
SIE HABEN MÜNSTER ZUM „NEUEN JERUSALEM" ERKLÄRT. DER BISCHOF BELAGERT DIE STADT. ES GAB TOTE.
GEGEN KETZER HILFT KEINE GEWALT.
MAN HAT UNS UM EIN GUTACHTEN ÜBER DIE WIEDERTÄUFER GEBETEN. ICH HABE EINEN TEXT ENTWORFEN, ABER DU MUSST IHN UNTERSCHREIBEN.
„IN MOSE 24.16 STEHT: WER DEN NAMEN DES HERRN VERHÖHNT, MUSS MIT DEM TOD BESTRAFT WERDEN. DIE WIEDERTÄUFER ABER TUN DAS."
DU FORDERST ALSO, DASS ALLE WIEDERTÄUFER ...
... MIT DEM SCHWERT HINGERICHTET WERDEN. SIE BETREIBEN ABGÖTTEREI.
DU KENNST MEINE MEINUNG DAZU.
ES IST NICHT NUR DAS. SIE WOLLEN DEN UMSTURZ. WENN SIE IN MÜNSTER SIEGEN, WIRD ES NACHAHMER IM GANZEN REICH GEBEN.

SO WEIT WIRD ES NIEMALS KOMMEN.
DENK AN DIE REBELLION DER BAUERN. DIE AUFRÜHRER HABEN SICH DAMALS AUF DEINE SCHRIFTEN BERUFEN.
WOMIT SIE FURCHTBAR IRRTEN.
DIE WIEDERTÄUFER SAGEN, DASS SIE DEINE REFORMATION VOLLENDEN WOLLEN. WIR MÜSSEN STELLUNG BEZIEHEN, UNS DEUTLICH ABGRENZEN.
WIR WOLLEN MILDE SEIN, WENN SIE IHREM IRRGLAUBEN ABSCHWÖREN. NUR DIE STARRSINNIGEN SOLLEN MIT ALLER HÄRTE BESTRAFT WERDEN.
GEGEN DIE OBRIGKEIT DARF ES KEINEN WIDERSTAND GEBEN.
ES STIMMT JA: DIE WIEDERTÄUFER SIND UNBELEHRBAR.
SIE LÄSTERN GOTT UND GEFÄHRDEN DEN FRIEDEN.
ES IST DER WILLE DES HERRN.

IM MAI 1534 SUCHTEN DIE FÜRSTEN DIE ENTSCHEIDUNG.
LUTHER HAT RECHT.
DIE TEUFELEI VON MÜNSTER MUSS EIN ENDE HABEN.
DIE WIEDERTÄUFER BERUFEN SICH FRECH AUF IHN.
UND ZUGLEICH BESCHIMPFEN SIE IHN DREIST – LUTHER HÄTTE DIE REFORMATION VERRATEN!
ICH WILL DIESE GOTTLOSEN HEUCHLER ZUM SCHWEIGEN BRINGEN.
WIR VERSTEHEN UNS.

SIE GLAUBEN, DASS WIR DEN STURM AUF DIE STADT NICHT WAGEN. ABER DA IRREN SIE. WENN WIR GEMEINSAM ANGREIFEN, WERDEN WIR SIE ÜBERRENNEN.
DIE KETZER WERDEN IHRE VERDIENTE STRAFE ERHALTEN.
UND DANN WIRD WIEDER FRIEDEN IM REICH HERRSCHEN.
SO GOTT WILL.

♪ EUER HERZ SEI STARK UND UNVERZAGT, IHR ALLE, DIE IHR WARTET AUF DEN HERRN.
DENKT AN EURE HAUSAUFGABEN UND SEID MORGEN PÜNKTLICH BEIM ACHTEN GLOCKENSCHLAG WIEDER HIER.
HEINRICH? WAS MACHST DU DENN HIER?
ICH DENKE SEHR VIEL AN DICH.
KÖNNEN WIR NICHT ZUSAMMEN SEIN?
ES... GEHT NICHT.

DIE BRÜDER UND SCHWESTERN FANGEN SCHON AN, ÜBER UNS ZU REDEN.
WIESO? WIR HABEN NICHTS UNRECHTES GETAN.
DIE GEMEINDE SOLL REIN BLEIBEN. DESHALB IST UNS DIE EHE HEILIG.
DU MEINST...
...DASS WIR HEIRATEN SOLLTEN. DANN HABEN WIR GOTTES SEGEN.
HIER UND JETZT? WIE SOLL DAS GEHEN? WIR WERDEN BELAGERT. WIE SOLLEN WIR DAS FEST AUSRICHTEN? WIE SOLL ICH DEN BRAUTPREIS BEZAHLEN? WELCHER PRIESTER SOLL UNS TRAUEN?
DAS BRAUCHEN WIR ALLES NICHT, DAS SIND ALLES MENSCHLICHE ERFINDUNGEN. DIE WAHRE EHE WIRD IM HIMMEL GESCHLOSSEN.
WIR FRAGEN DEN PROPHETEN. ER WIRD UNS VERMÄHLEN.

NACH DER ORDNUNG GOTTES UND MIT WISSEN DER GANZEN GEMEINDE BEZEUGEN WIR EUCH, DASS IHR JETZT ALS FROMME EHRLICHE EHELEUTE VERHEIRATET SEID.
SCHNELL!
DIE UNGLÄUBIGEN GREIFEN DIE STADT AN!

ES TUT MIR LEID, BRUDER.
SIE SIND AUF DER MAUER.
MACHT EUCH BEREIT.

JETZT!
FEUER!

UNSERE TOTEN SIND GERÄCHT!
GOTT IST GROSS.

ENDLICH WAR DAS GEMETZEL VORBEI.
WAS FÜR EINE PLACKEREI.
WÄRST DU LIEBER BEI DENEN?
DIE ARMEN KERLE.

WIE KANN GOTT DAS NUR ZULASSEN?
DU DARFST NICHT ZWEIFELN, ELISABETH.
UNSER HEILIGER ZORN HAT DIE UNGLÄUBIGEN VERTRIEBEN.
WISSEN SIE DENN NICHT, DASS ES CHRISTUS SELBST IST, DEN SIE BEKÄMPFEN?
EWIGER UND ALLMÄCHTIGER GOTT.
VOR DEN MÄCHTEN DES TODES HAST DU UNS GERETTET. DAFÜR DANKEN WIR DIR.
DEIN WILLE WIRD GESCHEHEN. AMEN.

„ABIJA ABER NAHM 14 FRAUEN UND ZEUGTE 22 SÖHNE UND 16 TÖCHTER."
ES IST WAHR, DIE BIBEL BERICHTET OFT VON DER VIELEHE.
DER MANGEL AN MÄNNERN IN DER STADT LÄSST UNS GAR KEINE WAHL.
WIR MÜSSEN DIE VIELEHE EINFÜHREN: ZUR AUFRECHTERHALTUNG DER INNEREN ORDNUNG, FÜR DIE VERSORGUNG DER VIELEN FRAUEN – UND UM UNZUCHT ZU VERHINDERN.
WER FÜR DEN VORSCHLAG DES PROPHETEN IST, HEBE DIE RECHTE HAND.

UM ABER WEITER GOTTES GNADE ZU EMPFANGEN, HABEN WIR DAS REGELWERK FÜR UNSERE GEMEINDE ÜBERARBEITET.
ES IST VERBOTEN, GOTT ZU LÄSTERN. ES IST VERBOTEN, AUFSÄSSIGE REDEN ZU FÜHREN.
ES IST VERBOTEN, DEN ANFÜHRERN NICHT ZU GEHORCHEN.
EHEFRAUEN IST ES VERBOTEN, IHREN MÄNNERN ZU WIDERSPRECHEN.
WER ABER DIE HEILIGEN REGELN BRICHT, DER SOLL SCHWER BESTRAFT WERDEN.
UM GOTTES GEBOTE ZU VERTEIDIGEN, DIE OBRIGKEIT ZU SCHÜTZEN UND DAS BÖSE AUSZUMERZEN, HABE ICH ZWÖLF SCHWERTTRÄGER ERNANNT.
IST JEMAND NICHT EINVERSTANDEN?

„DIE SCHWERTTRÄGER SIND ZUM SCHRECKEN DER BÖSEN UND ZUM SCHUTZ DER GUTEN VON GOTT ERWÄHLT WORDEN."
WAS GESCHIEHT HIER?
DÜRFEN WIR NICHT MEHR FREI REDEN?
GIBT ES BESCHWERDEN?
SIND WIR DENN KEINE GEMEINSCHAFT DER GLEICHEN MEHR?
HE, WAS SOLL DAS? LASST MICH LOS.

SIE HABEN IHN EINFACH FORTGESCHLEIFT. UND JAKOB HAT MITGEMACHT.
HEREIN. ES IST NICHT ABGESCHLOSSEN.
ES IST SO SCHRECKLICH.
ELISABETH! WAS IST DENN PASSIERT?
DIE SCHWERTTRÄGER WAREN BEI MIR. SIE SAGTEN, ICH SOLL EINEN GEFÄHRTEN DES PROPHETEN HEIRATEN, EINEN ALTEN MANN. UND DAS SCHLIMMSTE:
ER IST SCHON VERHEIRATET. ICH SOLL SEINE ZWEITFRAU WERDEN. ES SEI GOTTES WILLE.
SPRICH MIT JAKOB. ER MUSS UNS HELFEN.

UND WAS SOLL ICH DA TUN?
AUF DICH HÖRT DER PROPHET. DU BIST UNSERE EINZIGE HOFFNUNG.
ES IST JA EIN BESCHLUSS, DER DEM WOHL DER ALLGEMEINHEIT DIENT. KOMM MIT.
DAS IST DOROTHEA. OHNE MICH WÄRE SIE MITTELLOS.
JUDITH. SIE WURDE IN MÜNSTER ZURÜCKGELASSEN.
UND MARIA. DREI FRAUEN HABE ICH GEHEIRATET.
ES IST EINE GROSSE VERANTWORTUNG, FÜR ALLE ZU SORGEN.

ICH BITTE DICH ALS MEIN FREUND: HILF ELISABETH, LEG EIN GUTES WORT FÜR SIE EIN.
ICH WERDE SEHEN, WAS ICH TUN KANN. ABER ERWARTE NICHT ZU VIEL.
UND JETZT ENTSCHULDIGE MICH. DIE ARBEIT WARTET.
ER HAT VERSPROCHEN, SICH UM DIE SACHE ZU KÜMMERN.
MEHR KÖNNEN WIR JETZT NICHT MACHEN.
WIR DÜRFEN DIE HOFFNUNG NICHT AUFGEBEN.
ES WIRD SCHON ALLES GUT WERDEN.

DOCH ES WURDE NICHT BESSER.
MIT DEM BISSCHEN GEMÜSE WERDEN WIR KAUM ÜBER DEN WINTER KOMMEN.
SIE KLAGT NICHT, ABER DEINER MUTTER GEHT ES NICHT GUT. SIE HUNGERT.
WIE WIR ALLE.
FÜR SIE WÄRE ES DAS BESTE, DIE STADT ZU VERLASSEN.
DENK NICHT EINMAL DARAN. JEDER FLUCHTVERSUCH WIRD HART BESTRAFT.
WILLKOMMEN IM NEUEN JERUSALEM …

FRIEDE SEI MIT EUCH, LIEBE SCHWESTER, LIEBER BRUDER.
UND MIT EUCH, LIEBE BRÜDER.
WIR HABEN DEN BEFEHL, JEDES HAUS NACH KLEIDUNG, WERTSACHEN UND LEBENSMITTELN ZU DURCHSUCHEN.
ES IST FÜR DIE KINDER, ALTEN UND SCHWACHEN.
DAS WIRD DIE HUNGRIGEN KINDER FREUEN.

WO BRINGT IHR UNSERE SACHEN HIN?
WER WIRD SIE BEKOMMEN?
WAS GESCHIEHT MIT UNSERER KLEIDUNG?
FRAGT DAS DEN BOTEN GOTTES.

SEID ZUFRIEDEN. ICH HABE WUNDERBARE NEUIGKEITEN.
DER HERR WIRD BALD AUS DEM HIMMEL KOMMEN UND UNS ERLÖSEN.
DOCH BIS ES SOWEIT IST, HAT ER MIR BEFOHLEN, ÜBER DIE GANZE WELT ZU HERRSCHEN.
ALS KÖNIG DER GERECHTEN, AUSGEWÄHLT VON GOTTES GNADEN.
KÖNIG? UND WIR SIND DIE UNTERTANEN?
ER WILL DIE GANZE WELT BEHERRSCHEN?

VIEL LIEBER WÄRE ICH EIN SCHWEINEHIRTE ALS EIN KÖNIG.
ABER ICH MUSS TUN, WAS GOTT VON MIR VERLANGT.
EBENSO HAT GOTT EUCH ZUM GEHORSAM VERPFLICHTET.
ALS KÖNIG WERDE ICH DEN GEMEINSAMEN BESITZ DIESER HEILIGEN STADT GERECHT VERWALTEN.
ODER MÖCHTE JEMAND GEGEN DIE ANORDNUNGEN DES GÖTTLICHEN VATERS SCHIMPFEN?
NATÜRLICH BRAUCHT EIN KÖNIG AUCH EINEN HOFSTAAT.

WIE PRÄCHTIG SIE AUSSEHEN.
UND WIR LAUFEN IN LUMPEN.
UND WIE BEI KÖNIG DAVID...
...WERDEN ALLE MEINE FRAUEN MIT MIR HOF HALTEN.
DAS IST NICHT MÖGLICH.
ELISABETH.

GAB ES ÜBERHAUPT NOCH HOFFNUNG?
HALT!
WER SEID IHR? WAS WOLLT IHR?
DIE PROTESTANTISCHEN FÜRSTEN SCHICKEN MICH.
UM WEITERES BLUTVERGIESSEN ZU VERHINDERN, SIND SIE BEREIT ZU VERHANDELN.
ÖFFNET DAS TOR!

IM NAMEN ALLER PROTESTANTEN FORDERE ICH DICH AUF: BEENDE DEN AUFRUHR, DANN WIRD DEIN LEBEN UND DAS DEINER LEUTE VERSCHONT.

WIR HABEN NIE JEMANDEN BELEIDIGT ODER ANGEGRIFFEN. WELCHE SCHULD HABEN WIR AUF UNS GELADEN? WO WIDERSPRECHEN WIR DER HEILIGEN SCHRIFT?

ICH BIN NICHT BEFUGT, FRAGEN DES GLAUBENS ZU DISKUTIEREN.
WILLST DU ZU RECHT UND ORDNUNG ZURÜCKKEHREN?
ERKLÄRT IHR UNS LIEBER, WARUM DIE EVANGELISCHEN FÜRSTEN DIE VERLOGENEN KATHOLIKEN UNTERSTÜTZEN, STATT UNS, IHREN WAHREN GLAUBENSBRÜDERN, BEIZUSTEHEN.
LUTHER SAGT, DER PAPST SEI DER ANTICHRIST. TROTZDEM SCHLIESST ER MIT DEN PAPISTEN EIN BÜNDNIS UND BESCHIMPFT UNS ALS KETZER.
DAS GANZE REICH STEHT GEGEN DICH.

WENN SIEBEN SÖLDNERLAGER NICHT GENÜGEN, WERDEN WIR 70 ERRICHTEN. IHR KÖNNT NICHT GEWINNEN.
FOLGT MIR.
WIR SIND DIE SOLDATEN GOTTES. WIR KÖNNEN GAR NICHT VERLIEREN. BALD WERDEN WIR DIE UNGERECHTIGKEIT IN DER WELT BESTRAFEN.
ALLE WERDEN KÄMPFEN.
KOMMT MIT.

UNS MANGELT ES AN NICHTS.
ESST! TRAUBEN SCHENKEN EIN LANGES LEBEN.
HIER ENTSTEHEN DIE SCHRIFTEN ÜBER DEN WAHREN GLAUBEN.
GOTT WILL EINE NEUE WELT ERRICHTEN. JEDER WIRD FREI SEIN, GOTT SELBST WIRD HERRSCHEN.
JEDER WIRD SO VIEL HABEN WIE DER ANDERE.
EURE LANDSKNECHTE LAUFEN IN SCHAREN ZU UNS ÜBER, SEIT SIE UNSERE ZIELE KENNEN.

BALD WERDEN UNS AUCH KATHOLIKEN UND LUTHERANER FOLGEN.
AB JETZT TRÄGST DU DIE VOLLE VERANTWORTUNG FÜR ALLES, WAS GESCHEHEN WIRD.
ER HAT NICHT MIT SICH REDEN LASSEN?
ES WAR DIE LETZTE CHANCE. DIE FÜRSTEN WERDEN DAS NICHT HINNEHMEN.
ICH SPÜRTE, DASS UNSER SCHICKSAL BESIEGELT WAR.

KOBLENZ IM DEZEMBER 1534
MEIN HERR, DER FÜRSTBISCHOF VON MÜNSTER, OSNABRÜCK UND MINDEN GRÜSST DIE ALLERGNÄDIGSTEN HERREN DES REICHS UND DANKT FÜR IHR ERSCHEINEN.
LEIDER KANN ER NICHT PERSÖNLICH HIER SEIN, DIE MILITÄRISCHE SITUATION VOR MÜNSTER ERLAUBT ES NICHT.
WAS MACHEN WIR HIER ÜBERHAUPT? REBELLEN HABEN DEM FÜRSTBISCHOF EINE STADT GERAUBT. DAS IST SEIN PROBLEM.
ES HÄTTE JEDEN VON EUCH TREFFEN KÖNNEN.
DIE WIEDERTÄUFER IN MÜNSTER VERSPOTTEN DEN PAPST UND BESCHIMPFEN DIE CHRISTENHEIT. DAS DÜRFEN WIR NICHT DULDEN.
STÄNDIG ERHEBEN SICH NEUE SEKTEN. WIR KÖNNEN NICHT ÜBERALL HELFEN.

DIE WIEDERTÄUFER SIND GEFÄHRLICH. SIE ZERSTÖREN DIE KIRCHEN UND VERBRENNEN ALLE URKUNDEN. SIE HABEN KEIN MITLEID MIT FRAUEN UND KINDERN. SIE KÄMPFEN GRAUSAM UND TÖTEN IHRE GEFANGENEN.
ES MUSS EIN STRAFGERICHT GEGEN DIESE KETZER GEBEN.
UND WAS SOLLEN WIR TUN?
DER KAMPF GEGEN DIE WIEDERTÄUFER HAT BISLANG 700.000 GULDEN VERSCHLUNGEN. DER BISCHOF HAT KEINE MITTEL MEHR, UM DIE BELAGERUNG FORTZUSETZEN.
IHR WOLLT, DASS WIR FÜR DEN KRIEG DES BISCHOFS BEZAHLEN?
WENN WIR DIE WIEDERTÄUFER NICHT BALD BESIEGEN, WIRD DER GEMEINE MANN GLAUBEN, DASS GOTT AUF IHRER SEITE IST. ES GEHT AUCH UM EUCH VOR MÜNSTER.

DIE MÄNNER SIND UNZUFRIEDEN. SEIT WOCHEN HABEN SIE KEINEN SOLD MEHR ERHALTEN.
SOLD? SIE KÄMPFEN FÜR DIE SACHE GOTTES.
ICH FÜRCHTE, DAS REICHT IHNEN NICHT.
ENDLICH. WAS SAGEN DIE FÜRSTEN?
SIE HABEN SICH GESTRÄUBT.
ABER ICH KONNTE SIE ÜBERZEUGEN. 15.000 GULDEN WERDEN WIR JEDEN MONAT BEKOMMEN.
WIR WERDEN NOCH MEHR BLOCKHÄUSER BAUEN. STÄNDIG MÜSSEN WACHEN UM DIE STADT PATROUILLIEREN.
UND WAS IST MIT DEM SOLD DER MÄNNER?
LASST DAS MEINE SORGE SEIN. SORGT IHR DAFÜR, DASS DIE KETZER AUSGEHUNGERT WERDEN.

PUH, DAS STINKT.
SO WIRD ES ALLEN PFAFFEN ERGEHEN, WENN WIR ERST GESIEGT HABEN.
DER KÖNIG HAT BOTEN AUSGESANDT.
EIN HEER IST BEREITS AUF DEM WEG NACH MÜNSTER.
DIE BRÜDER UND SCHWESTERN WERDEN UNS RETTEN.

EINE STROHPUPPE? MIT SOLCHEN SPIELCHEN WOLLEN SIE DIE VERZWEIFELTEN BEI LAUNE HALTEN.
NICHTS IST SO GESCHEHEN WIE PROPHEZEIT.
NICHT EINMAL GENUG ZU ESSEN GIBT ES.
ICH WILL GAR NICHT WISSEN, WAS WIR HIER NOCH MACHEN. DIE LAGE IST AUSSICHTSLOS.
ES WIRD KEINE HILFE KOMMEN. ES IST NUR NOCH EINE FRAGE DER ZEIT, BIS DER BISCHOF DIE STADT EROBERT – ODER WIR ALLE VERHUNGERN.
ALLES IST EINE GROSSE LÜGE.
ABER WIR MÜSSEN ÜBERLEBEN. ES GIBT NÄMLICH KEINEN ZWEIFEL MEHR.
ZWEIFEL WORÜBER?
ICH ERWARTE EIN KIND VON DIR.

SEIT WOCHEN ESSE ICH NUR WURZELN.
WASSER VERMISCHT MIT KALK WIRD UNS ALS MILCH ANGEBOTEN.
WIE SOLL MEIN KIND DAVON SATT WERDEN?
BETET NICHT DEN BAUCHGOTT AN, SONDERN FASTET.
ICH WERDE DIE STADT NICHT ÜBERGEBEN. DIE RETTUNG IST NAH.
DIE GRÖSSTE GEFAHR SIND DIE VERRÄTER UNTER UNS.
SIE WOLLEN UNSERE GEMEINSCHAFT VERNICHTEN.

ES IST IHRE SCHULD, DASS ES UNS SCHLECHT GEHT. HEUTE WIRD ABGERECHNET.
LANGE WAR ICH GNÄDIG.
DOCH DAS RECHT VERLANGT, DASS DIESE HEUCHLER BESTRAFT WERDEN.
OH MEIN GOTT, NEIN.
WAS HAST DU?
DORT, GANZ HINTEN.

ELISABETH!
WIE WEIT IST ES MIT UNS GEKOMMEN?
WARUM BRINGEN WIR UNS GEGENSEITIG UM?
WER SICH GEGEN MICH UND DAMIT GEGEN GOTT STELLT, HAT KEINE GNADE VERDIENT. WILLST DU DICH GLEICH DANEBEN KNIEN?
NEEEEIIIIN!

DAS FRÜHJAHR KAM – UND MIT IHM DAS NÄCHSTE UNGLÜCK.
DER HERR IST MEIN HIRTE, MIR WIRD NICHTS MANGELN. ER WEIDET MICH AUF EINER GRÜNEN AUE UND FÜHRT MICH ZUM FRISCHEN WASSER.
LIEBE MUTTER, UNSCHULDIG BIST DU IN DIESEN KAMPF GERATEN.
DEINEN ENKEL WIRST DU NICHT SEHEN.
ABER WIR WERDEN DICH NICHT VERGESSEN.
MEIN BEILEID. SIE WAR EINE GUTE FRAU.
WAS WILLST DU HIER?

EURE SEELEN RETTEN.
GEHT IHR DEN WEG DER MÄRTYRER – ODER DEN DER FEIGLINGE?
DAS STERBEN MUSS EIN ENDE HABEN.
WIR WERDEN ALLE STERBEN. NEHMT BESSER DEN WAHREN GLAUBEN AN.
SOLANGE IHR NOCH KÖNNT.
WIR MÜSSEN FORT VON HIER.
UM JEDEN PREIS.

BALD DARAUF WAR ICH ZUM WACHDIENST EINGETEILT.
GOTTES FRIEDE MIT EUCH.
ICH SOLL HEUTE NACHT DIE ÄUSSERE PALISADE AUSBESSERN.
ICH BEGLEITE DICH.
ES GEHT SCHON.
DA DRAUSSEN IST ES GEFÄHRLICH. ZU ZWEIT KÖNNEN WIR AUFEINANDER AUFPASSEN.

HAT SICH DA WAS BEWEGT?
WO?
ICH SEHE NICHTS.

DER SCHUSS KAM VON DER STADT.
VON UNS IST NIEMAND DRAUSSEN.
LASS UNS NACHSCHAUEN.
EINE BEWEGUNG UND DU BIST TOT, MEIN FREUND.

WIR HABEN HEUTE NACHT EINEN SCHÖNEN FANG GEMACHT.
ICH WAR TORWACHE UND WEISS, WIE MAN HEIMLICH IN DIE STADT KOMMT.
GESCHWÄTZ! WIR HABEN ALLES AUSPROBIERT. UNBEMERKT KOMMT DA KEINE MAUS REIN. SCHLAGT IHM DEN KOPF AB.
SCHAUT HER.

HIER IST DIE ZUGBRÜCKE. EIN KLEINES GESCHÜTZ BEWACHT DEN ZUGANG.
DOCH ES GIBT EINEN TOTEN WINKEL.
UND HIER DIE PFORTE IST MEIST NICHT VERSCHLOSSEN.
ER SCHEINT JA WIRKLICH ETWAS VON DER SACHE ZU VERSTEHEN.
UND WENN ES EIN HINTERHALT IST?
ES KOMMT AUF EINEN VERSUCH AN.
WENN ER DER WIEDERTAUFE ABSCHWÖRT UND PERSÖNLICH DIE MÄNNER IN DIE STADT FÜHRT, KANN ER SEIN LEBEN RETTEN.

MIT DEN TÄUFERN BIN ICH SCHON LANGE FERTIG.
ABER AUCH ICH MUSS ETWAS FORDERN.
DER KETZER WAGT ES…?
WAS WILL ER DENN?
VERSCHONT DIE FRAUEN UND KINDER UND JEDEN MANN, DER SICH ERGIBT, OB TÄUFER ODER NICHT.
WENN WIR DIE STADT EROBERN, SOLL ES SO SEIN.

IN DER FOLGENDEN NACHT BRACHEN WIR AUF.
DAMIT DU UNS NICHT VERLOREN GEHST.

GUT GEMACHT.
DENKT AN DIE WACHEN.

WIR SIND IN DER STADT. HOLT VERSTÄRKUNG.

JETZT SCHNELL INS TORHAUS.
BEEIL DICH.
DIE WINDE KLEMMT.
ALARM.
WIR KÖNNEN SIE NICHT MEHR LANGE ZURÜCKHALTEN.

MÜNSTER GEHÖRT UNS.

UND DU WEISST, WO DIE ANFÜHRER STECKEN?
ICH BRINGE EUCH HIN – ABER DANN BIN ICH FREI.
EINS NACH DEM ANDEREN.
SIE HABEN SICH GUT VERSCHANZT.
SEID IHR BEREIT? WIR BRINGEN DAS JETZT ZU ENDE.
SEHT.

WIR ERGEBEN UNS.
ABER WO WAR JAKOB?
TOD DEN FEINDEN GOTTES!

JAKOB!
MEIN FREUND!
JAKOB, SAG DOCH ETWAS.
JAKOB.
ES IST VORBEI. DU KANNST GEHEN.
REBECCA.

REBECCA!
HEINRICH! HOL MICH HIER RAUS!
GOTT SEI DANK, DU LEBST.
WIR MÜSSEN FORT VON HIER.
SIEHST DU DAS?

BIST DU EIN KÖNIG?
BIST DU EIN BISCHOF?
STOPFT IHM SEIN GOTTLOSES MAUL.
IRGENDWIE TUT ER MIR TROTZDEM LEID.
LASS UNS VERSCHWINDEN.

AM 25. JUNI 1535 WURDE MÜNSTER EROBERT.

EIN HALBES JAHR SPÄTER FOLGTE DER LETZTE AKT.
MÜNSTER IM JANUAR 1536

SCHWÖRST DU ENDLICH DEINEM IRRGLAUBEN AB?
ICH HABE MICH GEGEN DIE OBRIGKEIT, ABER NICHT GEGEN GOTT AUFGELEHNT.

DANN KANN ICH NICHTS MEHR FÜR DICH TUN.
VATER, IN DEINE HÄNDE LEGE ICH MEINEN GEIST.
DIE LEICHEN DES JAN VAN LEIDEN UND DER ANDEREN KETZER ...
... WERDEN FÜR IMMER SICHTBAR AUSGESTELLT.
ALLEN UNRUHIGEN GEISTERN ZUR WARNUNG UND ALLEN LEUGNERN DES EINEN WAHREN GLAUBENS ZUM SCHRECKEN.

MEISTER HEINRICH?
IST EUCH UNWOHL?
JETZT KENNT IHR MEINE GESCHICHTE.
DIE MENSCHEN LIEBEN DEN VERRAT, ABER HASSEN DEN VERRÄTER.
DIE GANZEN JAHRE FRAGE ICH MICH, OB ES EINEN ANDEREN AUSWEG GEGEBEN HÄTTE. HÄTTE ICH JAKOB RETTEN KÖNNEN? UND ALL DIE UNSCHULDIGEN?
WIE LAUTET EURE ANTWORT?

ALLE WÄHNTEN GOTT AUF IHRER SEITE. WIE SOLL ES DA FRIEDEN GEBEN?
GROSSVATER, BRINGST DU UNS INS BETT?
WAS GOTT WILL, WEISS ICH NICHT. ABER DASS ICH HIER GEBRAUCHT WERDE, DAS WEISS ICH.
KEIN GOTTESKRIEGER MACHT DIE WELT BESSER.
DAS HAT DER KAMPF UM MÜNSTER GEZEIGT.

DOKUMENTATION

Der Comic GOTTESKRIEGER erzählt nicht nur die Geschichte des Täuferreichs von Münster, sondern will auch das Bild von einer Zeit zeichnen, die ganz besonders von einem Ereignis geprägt wurde: **der Reformation.** Die Dokumentation auf den nächsten Seiten skizziert die Welt des 16. Jahrhunderts, stellt kurz die Geschichte der Reformation dar und beleuchtet die historischen Hintergründe des Comics.

EINE WAHRE GESCHICHTE AUS DER FRÜHEN NEUZEIT

Bereits zu Gresbecks Lebzeiten wurden die Eisenkörbe ein Symbol für das Täuferreich.

Schon bald nach der Vernichtung des Täuferreichs ranken sich um den „König" Jan van Leiden, seine Herrschaft und sein Ende Mythen und Legenden. Die Sieger lassen natürlich kein gutes Haar an ihrem verhassten Gegner. Umso wichtiger sind die wenigen Darstellungen von Augenzeugen, die selbst die Ereignisse erlebt haben – wie der Bericht des Schreiners Heinrich Gresbeck. Auch wenn er sich von der Herrschaft der Täufer zuletzt lossagte, gilt seine Darstellung heute als grundsätzlich glaubwürdig und als eine der wichtigsten Schriftquellen zu den Ereignissen in Münster.

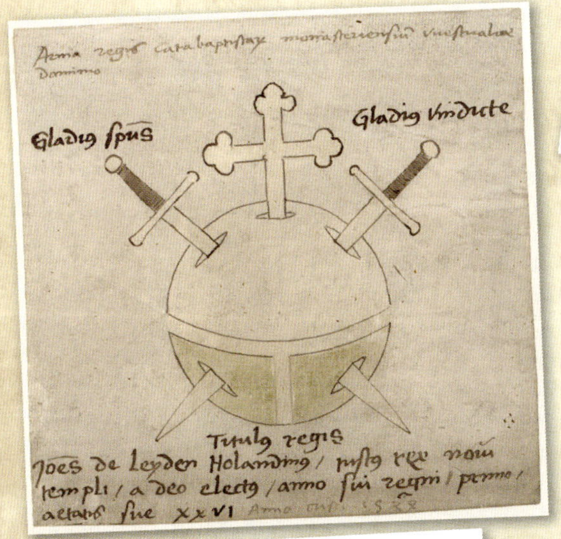

Das Königswappen Jan van Leidens. Die Zeichnung stammt aus der Zeit der Belagerung.

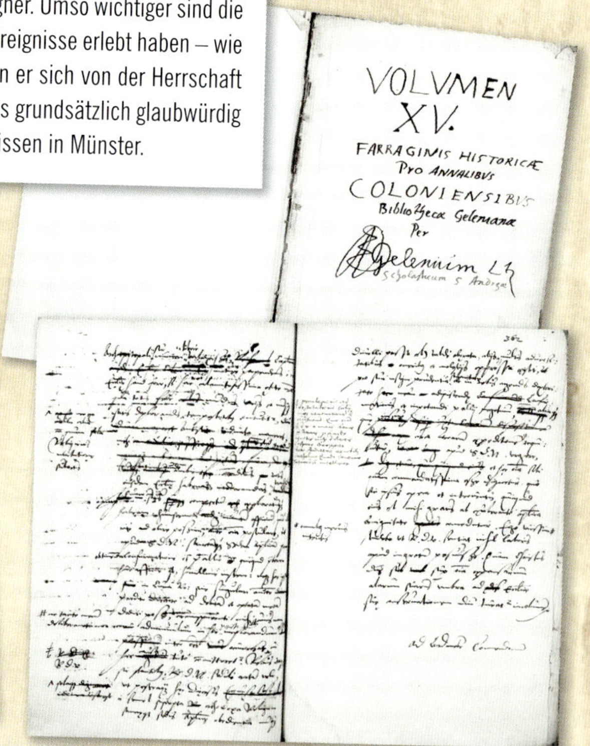
VOLVMEN XV.
FARRAGINIS HISTORICÆ
Pro ANNALIBUS
COLONIENSIBUS
Bibliotheca Geleniana
Per
Gelenium

Seiten des Originalmanuskripts aus dem 16. Jahrhundert.

EINE WELT IM UMBRUCH

Kolumbus entdeckt Amerika. Holzschnitt aus dem 16. Jahrhundert.

Der Druck mit beweglichen Lettern löst im 16. Jahrhundert eine Medienrevolution aus. Eine Flut von Büchern und Flugblättern wird gedruckt und verbreitet.

Die Belagerung von Münster findet in einer Epoche des tief greifenden Wandels statt. Erfindungen wie der Buchdruck und die Entdeckung neuer Länder lassen alte Weltbilder zerbröckeln. Politische Umwälzungen wie die Eroberung Konstantinopels durch die Türken verunsichern die Menschen. Seuchen, Armut und Hunger verstärken das Gefühl der Krise. Die Welt scheint aus den Fugen. In einer Zeit, die von Religion durchdrungen ist, sehen viele Menschen in dem Neuen, Unbekannten, Fremden die Vorboten der Apokalypse, des Jüngsten Gerichts.

Die Angst vor der Apokalypse ist groß. Details aus dem Gemälde „Das Weltgericht" von Hieronymus Bosch (1505).

Nach der Eroberung Konstantinopels geht in Europa die Türkenangst um, geschürt von Flugblättern wie diesem.

KIRCHE IN DER KRISE

Ein erschröckliches vnd warhafftiges Wunderzeichen/ welches den XXIIII. Julij dieses LIIII. Jars/ am Himel gesehen ist worden.

Flugblätter berichten von bedrohlichen Himmelszeichen und verstärken damit die Angst vieler vor dem Weltuntergang.

Wie reagiert die Kirche, seit Jahrhunderten die wichtigste geistige und moralische Instanz, auf die Nöte und Ängste der Menschen? Anstatt sie ernst zu nehmen, beschäftigt sie sich mit sehr weltlichen Dingen. Viele Kirchenleute sind korrupt, machtgierig und vergnügungssüchtig. Und ihr Oberhaupt, der Papst, träumt davon, einen gewaltigen Prachtbau in Rom zu errichten: den Petersdom. Um dieses gigantische Projekt zu realisieren, braucht der Papst Geld – sehr viel Geld. Der Ablasshandel soll den Bau des Petersdoms finanzieren.

Gegen Geld verspricht die Kirche die Befreiung von den Sündenstrafen und die Rettung der Seele – der Ablasshandel im 16. Jahrhundert.

Der Bau des gigantischen Petersdoms in Rom verschlingt Unsummen von Geld.

EIN MÖNCH VERÄNDERT DIE WELT

1517 veröffentlicht Luther 95 Thesen gegen den Ablasshandel. Ob er sie aber wirklich an die Kirchentür hämmerte, ist heute umstritten. Gemälde aus dem 19. Jahrhundert.

Ein Mönch und Theologe aus Wittenberg prangert die kirchlichen Missstände an: Martin Luther veröffentlicht im Oktober 1517 eine umfassende Kritik am Ablasshandel. Sein Ziel: eine Reformation – also eine Erneuerung oder Wiederherstellung – der Kirche. Doch der Papst verbittet sich jede Form von Kritik. Schnell sind die Fronten verhärtet, aus den Gefolgsleuten des Papstes und den Anhängern Luthers werden erbitterte Feinde. Die Reformation droht die abendländische Christenheit zu zerreißen. Nicht nur für die Kirche sind die Folgen von Luthers Kritik unabsehbar.

In Karikaturen greifen die Lutheraner den Papst als gottloses Monster an.

Auf dem Reichstag zu Worms 1521 weigert Luther sich, seine Thesen zu widerrufen. Der Bruch in der abendländischen Christenheit ist danach nicht mehr zu kitten.

SOZIALPROTEST UND BAUERNKRIEG

Handlung/Artickel/vnnd Instruction/so fürgenomen worden sein vonn allen Rottenn vnnd hauffen der Pauren/so sich zesamen verpflicht haben: M:D:XXV:

Ermutigt durch die Ideen der Reformation, stellen die Bauern 1525 in zwölf Artikeln ihre Forderungen auf.

Im ganzen Reich wird Luthers Forderung nach einer Erneuerung der Kirche begeistert aufgegriffen. Seine Schriften verbreiten sich dank des Buchdrucks wie ein Lauffeuer. Doch während Luther bei seiner Kritik immer nur die Kirche im Sinn hat, sehen andere darin die Rechtfertigung für einen Angriff auf die bestehende Ordnung. 1524 lehnen sich in vielen Gebieten die Bauern gegen ihre Herren auf. Sie hoffen auf Luthers Unterstützung. Doch der will davon nichts wissen und fordert sogar die blutige Niederschlagung der Rebellion. 1525 werden die Bauern besiegt und grausam bestraft.

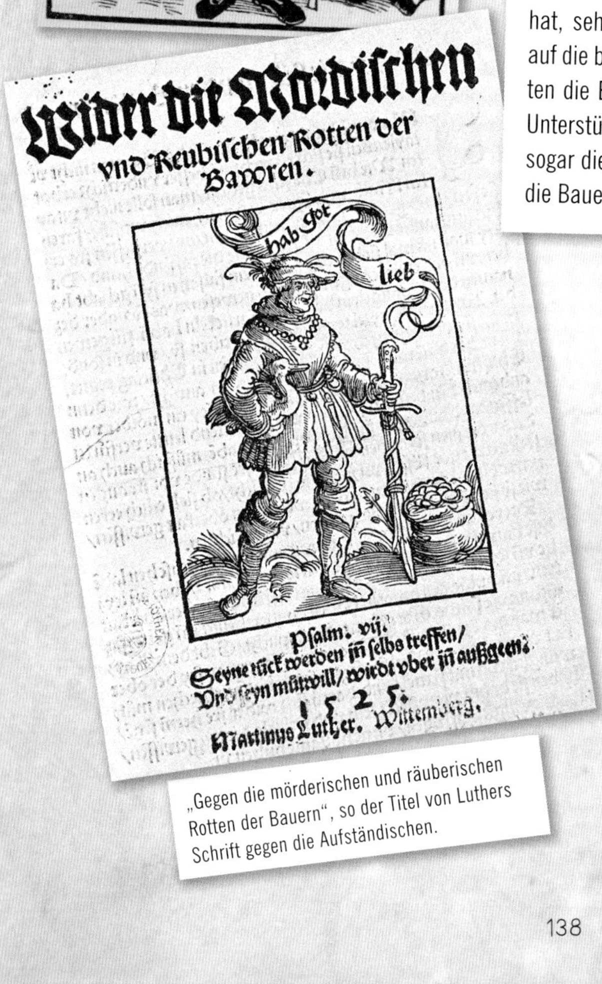
Wider die Mordischen vnd Reubischen Rotten der Bawren.

Psalm. vij.
Seyne tück werden jn selbs treffen/
Vnd seyn mütwill/ wirdt vber jn außgeen.
1525.
Martinus Luther. Wittemberg.

„Gegen die mörderischen und räuberischen Rotten der Bauern", so der Titel von Luthers Schrift gegen die Aufständischen.

Nach der Niederlage entwirft Albrecht Dürer ein Denkmal für die besiegten Bauern. Es wird nie gebaut.

DIE RADIKALE REFORMATION

Nicht nur die Bauern greifen Luthers Ideen auf. Neue religiöse Gruppierungen entstehen, die ihre eigenen reformatorischen Vorstellungen entwickeln, so die Zwinglianer, die Calvinisten – und die Täufer. Bei ihnen handelt es sich um eine fundamentale Bewegung, die wie die christliche Urgemeinde leben will. Sie lehnen die Taufe der Neugeborenen ab, denn das Bekenntnis zum Christentum soll eine bewusste Entscheidung sein. Bald werden die Täufer im ganzen Reich von Katholiken wie von Protestanten verfolgt. Trotzdem finden sie überall in Europa Anhänger.

Das Erkennungszeichen der Täufer aus Münster.

Diese Darstellung aus dem 17. Jahrhundert zeigt eine Erwachsenentaufe. Sie findet nicht in der Kirche, sondern in einem Privathaus statt.

DAS TÄUFERREICH ZU MÜNSTER

Eine Stadtansicht Münsters aus dem 16. Jahrhundert.

1534 übernehmen die Täufer im westfälischen Münster die Macht. Sie vertreiben alle Nichtgetauften, zerstören die Kirchen und rufen eine neue Ordnung aus. Es folgt die 16-monatige Belagerung der Stadt durch ein katholisch-protestantisches Söldnerheer. Auf beiden Seiten wird der Kampf erbittert und brutal geführt. In der Stadt radikalisieren sich die Verteidiger. Jan van Leiden erklärt sich zum König des „Neuen Jerusalem“. Terror und Angst begleiten seine Herrschaft. Doch auch die Belagerer sind brutal. Ohne Rücksicht auf Frauen, Kinder und Greise hungern sie die Stadt aus.

Kupferstich: Jan van Leiden als König. Sein einziges naturgetreues Abbild.

Bruchstück des zerstörten Taufbeckens der Liebfrauen-Überwasser-Kirche zu Münster.

ENDE UND NEUBEGINN

Die Zangen, mit denen Jan van Leiden gefoltert wurde, existieren noch heute.

Am 25. Juni 1535 wird Münster erobert – dank des Überläufers Heinrich Gresbeck. Die Rache der Sieger ist grausam, viele Täufer sterben, Jan van Leiden wird hingerichtet. Doch die Bewegung überlebt. Von nun an schwören die Täufer jeder Art von Gewalt ab. Trotzdem werden sie noch für Jahrhunderte verfolgt. Heute bekennen sich weltweit etwa 1,5 Millionen Menschen zum Glauben der Täufer: etwa die Mennoniten, die Hutterer und die Amischen. 2010 entschuldigt sich die evangelische Kirche für die Verfolgungen. Und in Münster? Da ist das Täuferreich heute fester Teil der Stadtfolklore.

Eine amische Familie in den USA.

Am Turm der Lambertikirche hängen immer noch die echten Eisenkörbe.

NACHWORT

Heinrich Gresbeck in Münster

Die Täufer in Münster, von denen dieses Buch in Texten und Bildern berichtet, hat es wirklich gegeben. Ihre Stadt wurde seit 1534 belagert und 1535 erobert. Mehr oder weniger zuverlässige Berichte haben vieles überliefert, was in diesen Monaten in und um die Stadt geschah. Einer der Zeugen und Berichterstatter war Heinrich Gresbeck, der als Täufer halb freiwillig, halb unfreiwillig mitmachte, letztlich aber den Eroberern half. In diesem Buch wird sein Bericht in verkürzter Fassung und mit wenigen Ergänzungen und Änderungen wiedergegeben und bebildert.

Die Eroberung Münsters gelang am 25. Juni 1535, die Täufer hatten vergeblich auf Gottes Hilfe gehofft. In den darauffolgenden Wochen war Münster eine beschädigte Stadt. Die meisten der 9000 Bewohnerinnen und Bewohner waren tot oder geflohen. 3000 Landsknechte durchsuchten die Häuser nach Menschen, die sich versteckt hielten, und auch nach Wertsachen. Diese „Plünderung“ war Teil der Eroberung und garantierte jedem der Landsknechte den ihm zustehenden Teil der Beute.

Die Täufer hatten den Landsknechten die Eroberung sehr schwer gemacht. Der Sturm auf die Stadt misslang in den ersten Monaten der Belagerung zweimal, im Mai sowie im August des Jahres 1534. Im Anschluss an die Eroberungsversuche mussten etwa 5000 Bauern von Februar bis April 1535 in einigem Abstand vor Münster – nämlich außerhalb der Schussweite der Täufer-Kanonen – einen Graben rund um die Stadt ausheben und einen Erdwall bauen. Dieser wurde mit Dornenbüschen befestigt. Der Grund? Es sollte kein Proviant mehr in die Stadt gelangen. Die Belagerung hatte schon im Februar 1534 begonnen. Ein Jahr später waren alle Vorräte aufgebraucht. Obwohl viele hungerten, erhielten die etwa 800 noch verteidigungsfähigen Männer den letzten Proviant, um weiterkämpfen zu können. Aber sie waren zu schwach, als die Landsknechte kamen, um die Stadt noch verteidigen zu können.

Heinrich Gresbeck hatte den Eroberern geholfen und ihnen vorgeschlagen, am Kreuztor in die Stadt einzudringen. Bis Mai 1535 gehörte er zum Lager der Täufer in Münster, hatte sich aber während der Hungersnot entschlossen, die Stadt zu verlassen. Das war gefährlich und glückte nur wenigen, weil die Landsknechte fast jeden der Flüchtenden an dem Wallgraben vor der Stadt ermordeten. Heinrich allerdings wurde verschont und konnte so Vorschläge für den Eroberungsplan machen.

Mit zeitlichem Abstand, vielleicht ein Jahr später, hat Heinrich Gresbeck seine Täufergeschichte von Münster aufgeschrieben oder einem Schreiber diktiert – das wissen wir nicht genau. Er wollte zum einen informieren, also denjenigen, die nur wenig wussten, über die Abläufe berichten. Man hat als heutiger Leser darüber hinaus den Eindruck, dass er das Erlebte selbst verstehen wollte, wobei sein Bericht ihm half, das Erinnerte zu begreifen. Er hat sich an Einzelheiten erinnert. Wenn er etwas nicht genau wusste, weil er es nicht gesehen oder miterlebt hatte, dann teilt er uns das auch so mit. Dadurch entsteht der Eindruck, dass er zuverlässig ist, weil er nichts berichtet, was er nicht sicher weiß.

Das ist nicht selbstverständlich. Ein späterer Schreiber, Hermann von Kerssenbrock, mischte Gesichertes mit Erfundenem. Weitere Geschichtsquellen zur Täuferherrschaft, also Schriften über das Geschehene, sind Aufzeichnungen der Täufer selbst, wie zum Beispiel des Theologen Bernhard Rothmann, und Akten der Gegner, also Schriften, die der Verfolgung der Täufer dienten. Letztere sind meist glaubwürdig, weil auch die Gegner der Täufer im Großen und Ganzen an der Wahrheit interessiert waren, um die Täufer möglichst erfolgreich bekämpfen zu können. Wichtige Schriften sind etwa Briefe der Belagerer und vor allem die Mitschriften der Verhörsaussagen gefangener Täufer.

Heinrich Gresbeck war ab Februar 1534 in Münster bei seiner allein lebenden Mutter. Ob er sie beschützen wollte, weil es in Münster gefährlich wurde, weiß niemand. Vielleicht war es auch einfach Zufall, dass er kurz vor Beginn der Täuferherrschaft in die Stadt kam. Vermutlich wollte er dann seine Mutter nicht mehr allein lassen. Gewiss ist er bald getauft worden, denn jeder musste sich taufen lassen – aber darüber berichtet er nicht. Da Gresbeck aber sehr genau beschreibt, wie die wegen der Pflicht zur Taufe noch Getauften in der Lambertikirche beten mussten, kann man vermuten, dass er dazugehörte. Das heißt, er hatte sich nicht aus innerster Überzeugung taufen lassen, sondern weil der neue Stadtrat es verlangte. Wer die Stadt verteidigte, sollte (wieder) getauft sein. Die Kindertaufe, die jeder wenige Tage nach seiner Geburt empfangen hatte, war in Münster für ungültig erklärt worden.

Zur Täuferherrschaft in Münster kam es aus mehreren Ursachen. Die Täuferbewegung hatte sich 1525 in der Schweiz gebildet. Es entstanden Täufergemeinden, die sich am Urchristentum orientierten. Ein Jahr später, 1526, entstand ein anderes Täufertum in Unterfranken in der Nähe von Würzburg. Ein Wanderprediger, Hans Hut, verbreitete seine Überzeugungen dann in Franken, Schwaben und Bayern. Er predigte, Christus werde bald wiederkommen. Die wahren Christen sollten sich durch die Taufe darauf vorbereiten, mit Christus, der die Welt bestrafen wolle, in einem Friedensreich zu leben. Das endzeitliche Täufertum von Hans Hut war für Münster später von größerer Bedeutung als das der Schweizer. Ein anderer endzeitlicher Prediger, Melchior Hoffman, wurde 1529 in Straßburg zum Täufer. Rheinabwärts hatte dieser Täuferführer auch Verbindungen in die Niederlande. Dort wurden die kirchenkritischen Gruppen verfolgt. Holländer und Friesen, Glaubensflüchtlinge, hatten 1530 im ostfriesischen Emden Zuflucht gefunden. Sie ließen sich von Melchior Hoffman taufen. Einige kehrten in die Niederlande zurück, wo sie das niederländische Täufertum begründeten.

Jan Matthys, ein holländischer Täuferführer, begann im Herbst 1533 Täuferboten auszusenden. Sie sollten das Taufen wieder aufnehmen, das Melchior Hoffman 1531 wegen der Hinrichtung von Täufern unterbrochen hatte. Jan Matthys entsandte Täuferboten in Städte, wo sich Gruppen von meist nur etwa zehn Personen taufen ließen, und auch nach Münster. Hier ließen sich im Januar 1534 viel mehr Menschen taufen – nämlich 1400. Das war ein Viertel der erwachsenen Bevölkerung von Münster, und das, obwohl die Täufer nach geltendem Recht mit Hinrichtung bedroht wurden. Warum aber war das Täufertum in Münster gleich so stark?

In Münster begann die Reformation spät. Martin Luther, Theologieprofessor in Wittenberg, hatte 1520 seine Hauptschriften veröffentlicht und rasch wurden viele Städte sowie manche Fürstentümer evangelisch. In Münster kam die Reformation 1532 in Gang. Bernhard Rothmann, Prediger einer der Pfarrkirchen, begann um 1530 gegen die katholischen Kirchenbräuche zu predigen. Viele Bürger unterstützten ihn. Sie machten ihn im Februar 1532 zum Pastor der Hauptkirche, der Lambertikirche. Die Reformationsideen bekamen viel Unterstützung und bereits im Herbst 1532 waren die sechs Pfarrkirchen Münsters allesamt mit evangelischen Predigern besetzt. Der Stadtherr, Fürstbischof Franz von Waldeck, bestätigte diese Veränderungen im Februar 1533 vertraglich – auf Vermittlung seines Vetters, des evangelischen Landgrafen Philipp von Hessen.

Im Anschluss hätte sich die Reformation in Münster entfalten können. Doch Bernhard Rothmann und einige seiner Predigerkollegen begannen die Kindertaufe zu kritisieren. Das war seit 1529 durch geltendes Recht streng verboten. Der Stadtrat in Münster musste deshalb die Kritik an der Kindertaufe unterdrücken und ließ die betroffenen Kirchen im September 1533 schließen. Einer der Prediger ging nach Amsterdam, wodurch die Verbindung zu den dortigen Täufern zustande kam.

Die dramatischste Phase für Münster begann im Januar 1534, als der Fürstbischof nach erfolgten Taufen die Stadt ermahnte, die Verantwortlichen auszuliefern. Da gleichzeitig in der Nähe von Münster Täuferinnen und Täufer hingerichtet wurden, war klar, dass das Leben der Täufer auch in Münster auf dem Spiel stand. In der Stadt einigte man sich am 30. Januar 1534 darauf, niemanden wegen seines Glaubens auszuliefern. Diese Entscheidung markierte den Wendepunkt für die Täufer. Ihre Gegner verließen Münster und die Täufer bereiteten die Verteidigung der Stadt vor, die der Bischof ab dem 10. Februar 1534 belagern ließ, nachdem ihm der Zugang nach Münster verweigert worden war, um die Täufer zu bestrafen. Bei der Ratswahl am 23. Februar 1534 fiel den Täufern die Verantwortung für die Stadt zu, weil sich keine Täufergegner wählen ließen. Im Februar 1534 beginnt auch Heinrich Gresbecks Bericht.

Aus Gresbecks Schrift über die Täufer in Münster in den Jahren 1534/35 ist in der Gegenwart eine Bildergeschichte geworden. Sie will verständlich machen, was die Menschen damals bewegte. Und auch zeigen, dass es im Leben Situationen gibt, in denen einem die Gewissheit fehlt, ob man die richtige Entscheidung trifft. Der noch junge Schreiner Heinrich Gresbeck hat zur Eroberung Münsters wesentlich beigetragen. Andere haben ihre Stadt noch am letzten Tag verteidigt. Alle hatten sie ihre Gründe.

Münster, im März 2017 *Ralf Klötzer*

GLOSSAR

S. 9: TÄUFER ODER WIEDERTÄUFER?

In dieser Geschichte geht es um eine religiöse Bewegung, für die es zwei unterschiedliche Namen gibt. Eine neutrale Bezeichnung ist „Täufer". Sie betont die zentrale Rolle der Taufe für diese Gruppe als persönliches Bekenntnis zum Christentum. Von den Gegnern aber wurden sie „Wiedertäufer" genannt. Nach deren Ansicht kann ein Christ, der bereits als Kind getauft worden ist, nicht später ein zweites Mal die Taufe annehmen, sich also „wieder" taufen lassen. Der Name „Wiedertäufer" sollte diese religiöse Bewegung also abwerten.

S. 13: DIE WELT IST VERLOREN.

Viele Täufer im 16. Jahrhundert sind vom baldigen Ende der Welt überzeugt, so wie es die Bibel in der Offenbarung des Johannes prophezeit: *„Die Erde und Himmel verschwinden…*
Wer nicht im Buch des Lebens verzeichnet ist, wird in den Feuersee geworfen". Nach dem *„Jüngsten Gericht"* aber würde das *„Reich Gottes"* anbrechen. Die Täufer standen damals mit ihrem Glauben an die baldige Apokalypse nicht allein. So war etwa auch Luther davon überzeugt, dass das Ende der Welt und die Wiederkehr Christi unmittelbar bevorstünden.

S. 15: DAS WORT WIRD FLEISCH.

„Im Anfang war das Wort, und das Wort war bei Gott, und das Wort war Gott". So beginnt das Evangelium des Johannes. Der Text fährt fort: *„Und das Wort ist Fleisch geworden".* Damit ist gemeint, dass Gott durch seinen Sohn Jesus Christus als Mensch auf der Erde erschienen sei. Für die Täufer war diese Bibelstelle ein entscheidendes Argument gegen die Verehrung Marias als Mutter Gottes. Nicht sie habe Jesus Christus zur Welt gebracht, sondern Gott selbst.

S. 18: KINDSTAUFE, ERWACHSENENTAUFE

Die Täufer lehnen die Taufe von Kindern ab, denn sie wird in der Bibel nicht erwähnt. Außerdem widerspricht eine Kindstaufe ihrer Überzeugung, dass die Taufe eine persönliche Entscheidung zur Annahme des Christentums sein soll (vgl. Anmerkung S. 9). Obwohl auch Luther die Bibel in den Mittelpunkt seiner Theologie stellte, hielt er an der Tradition der Kindstaufe fest – einer der Gründe für das Zerwürfnis mit den Täufern.

S. 19: REICHSTAG

Für lange Zeit trug Deutschland den Namen *„Heiliges Römisches Reich"*, denn es verstand sich als Nachfolger des Imperium Romanum: ein lockerer Bund von Königreichen, Fürstentümern, Grafschaften und Reichsstädten. Unregelmäßig trafen sich alle Herrscher, um über politische Fragen zu debattieren und Beschlüsse zu fassen. Diese Treffen, die Wochen oder Monate dauern konnten und in wechselnden Städten stattfanden, wurden Reichstag genannt. Auch Fragen der Religion nahmen seit Luthers Zeiten großen Raum bei den Reichstagen ein.

S. 21: FÜRSTBISCHOF

Früher gehörten der Kirche ganze Länder in Deutschland. Regiert wurden diese Territorien von Bischöfen. Der Name „Fürstbischof“ soll die geistliche und weltliche Doppelfunktion deutlich machen. Im Heiligen Römischen Reich gab es etwa dreißig Fürstbischöfe. Sie nahmen aktiv am politischen Leben teil. Wenn sie es für nötig hielten, führten sie sogar Krieg.

S. 21: SÖLDNER

In der Frühen Neuzeit, also der Zeit ab 1500, besaßen die einzelnen Staaten keine stehenden Heere. Denn das wäre damals zu umständlich und zu teuer gewesen. Im Kriegsfall heuerten die Landesherren eine Armee von Söldnern an. Das sind Soldaten, die für eine bestimmte Zeit gegen Geld kämpfen. Nach dem Ende eines Krieges wurden sie wieder entlassen und suchten sich einen neuen Kriegsschauplatz, wo ein Fürst für ihre Kriegsdienste bezahlen würde.

S. 22: ZEICHEN AM HIMMEL

Viele Menschen in der Frühen Neuzeit waren sehr abergläubisch. Da es noch keine Zeitungen, kein Radio, TV oder Internet gab, war es oft schwierig zu erfahren, was gerade in der Welt passierte. Aus diesem Grund wurde der Himmel nach Zeichen abgesucht, die Hinweise geben sollten. Kometen etwa galten als Vorboten für ein nahes Unglück. Es gab auch viele phantastische Geschichten über andere Himmelserscheinungen: etwa über große Schlachten, Christuserscheinungen, seltsame Tiere – oder eben über Männer, die blutige Hände hatten.

S. 24: MÜNSTER IST STARK BEFESTIGT.

Münster besaß schon im Mittelalter starke Mauern und Türme. Doch die Feuerkraft der Kanonen im 16. Jahrhundert zwang zum Umdenken bei der Befestigung von Städten. Neue Formen der Verteidigung wurden deshalb entwickelt: etwa doppelte Gräben, runde Bollwerke, Schanzen und versteckte Blockhäuser. Anfang des 16. Jahrhunderts wurden die Verteidigungsanlagen Münsters weiter modernisiert. *„Dergleichen werden nicht viele gefunden, mit solcher Wehr, wie diese Stadt ist“*, schreibt ein beeindruckter Belagerer.

S. 25: KETZER

Als „Ketzer“ wurden Personen bezeichnet, die von der geltenden Kirchenmeinung abwichen. Ein Ketzer war nicht gegen das Christentum eingestellt, aber verstand es anders, als es die Kirchenführer verlangten. So wurden Martin Luther und seine Anhänger lange vom Papst als Ketzer beschimpft. Für die Lutheraner wiederum waren die Täufer nichts anderes als Ketzer.

S. 26: WORMS 1521

Der Reichstag zu Worms 1521 ging in die Geschichte ein. Der rebellische Mönch Martin Luther wurde dorthin befohlen, damit er seine kritischen Aussagen über Papst und Kirche zurücknahm. Doch vor den Augen des Kaisers blieb Luther bei seiner Meinung. Eine Entscheidung, die nicht ungefährlich war. Luther durfte Worms aber verlassen, ohne dass der Kaiser ihn bestrafte.

S. 26: DER PAPST IST DER ANTICHRIST.

Schon bald nach seiner ersten Kritik am Papst wurden Luthers Vorwürfe immer heftiger: Nicht nur würde der Papst sich irren und falsch verhalten, sondern viel schlimmer: Er wäre der leibhaftige Antichrist, der große Gegenspieler Gottes, der sich getarnt hätte, um die Kirche und das Christentum von innen heraus zu zerstören. Dieser Vorwurf war so schwer, dass zwischen Lutheranern und Papstanhängern der endgültige Bruch nicht mehr zu vermeiden war.

S. 26: GOTT IST NICHT IM BROT. ER IST IM HIMMEL.

Der Streit um das Abendmahl bewegte damals die ganze Christenheit. Im Kern ging es um die Frage, ob Christus in der Hostie bzw. im Brot, das der Priester bei der Heiligen Messe mit den Worten „Dies ist mein Leib" verteilte, wirklich oder nur symbolisch anwesend sei. Während Katholiken wie Lutheraner die reale Anwesenheit von Christus im Brot vertraten, sahen Zwinglianer, Calvinisten und Täufer darin nur eine symbolische Präsenz. Der Abendmahlsstreit war ein wesentlicher Grund für die Spaltung des reformierten Lagers.

S. 26: DER BISCHOF HAT DEN VERTRAG UNTERSCHRIEBEN.

In einem Vertrag von 1533 konnten die Bürger Münsters dem Fürstbischof ein großes Zugeständnis abringen: In der Stadt durfte von nun an auch evangelischer Gottesdienst gefeiert werden. Das Täufertum blieb nach wie vor verboten.

S. 27: SEKTE

Der Begriff „Sekte" klingt modern, wurde aber schon seit der Antike verwendet. Im Christentum sind Sekten Gruppierungen, die von der herrschenden Lehrmeinung abweichen und „Irrlehren" vertreten. Sekten wären deshalb für „Zwietracht" und „Aufruhr" innerhalb der Kirche verantwortlich. Mehrmals bezeichnete der Fürstbischof von Münster die Täufer als „Sekte".

S. 27: HOLLAND

Seit 1525 verbreitete sich die Täuferbewegung im ganzen Reich. Entlang des Rheins gelangte der Glauben bis in die Niederlande (die damals noch zu Deutschland gehörten), wo er viele Anhänger fand. Von hier gingen 1534 viele Täufer nach Münster – ein Grund, warum gerade dort ein Täuferreich entstand. Gresbeck erinnert sich an die Anfänge der Täuferherrschaft: *„Und alle Tage kamen Wiedertäufer in die Stadt aus anderen Landen".*

S. 27: WAHL DES STADTRATS

Seit der Frühen Neuzeit wurden viele Städte in Deutschland von einem Rat regiert, der sich aus den reichsten und mächtigsten Bürgern der Stadt zusammensetzte und im Rathaus tagte. In Münster wurde jährlich ein 24-köpfiger Rat gewählt. Wählen durften alle Männer, die das Bürgerrecht hatten – das waren die Hausbesitzer. 1534 wurden nur Bürger in den Rat gewählt, die schon ‚wiedergetauft' waren oder aber die Täufer unterstützten. Mit dieser Wahl begann deshalb die Herrschaft der Täufer über Münster.

S. 29: NEUES JERUSALEM

Münster galt den Täufern als das *„Neue Jerusalem"*, denn hier erwarteten sie die Ankunft des Herrn. Die Täufer nahmen die Offenbarung des Johannes aus dem Neuen Testament sehr ernst. Dort wird berichtet, dass nach der Apokalypse *„ein neuer Himmel, eine neue Erde und das neue Jerusalem"* entstehen würden. *„Gott wohnt inmitten seines Volkes, es gibt weder Tod noch Leid"*, fährt der Text fort. Die Täufer glaubten, dass dies sehr bald geschehen würde.

S. 30: LICHT DER WAHRHEIT

„1400 Jahre ist leider die Wahrheit so ganz verfälscht, verstopft und unterdrückt und dies vor allem durch den Papst und seinen Anhang. In den letzten Zeiten ist das Licht der Wahrheit hervorgebrochen", schreibt der wichtigste Theologe der Täuferbewegung in Münster, Bernhard Rothmann, zur Zeit der Belagerung.

S. 32: SIE SIND WIE BESESSEN.

Über die ekstatischen Zustände der Täufer zu Beginn ihrer Herrschaft berichten Gresbeck und andere Augenzeugen. Ein Bericht lautet so: *„Bald sprang er auf den Steinen herum und erhob sich im Sprunge, als wollte er fliegen, und klatschte in die erhobenen Hände, bald hob er die Augen zum Himmel, bald schlug er sie nieder … bald fiel er in Form eines Kreuzes zur Erde, wälzte sich im Kot, tat, als wenn er mit dem himmlischen Vater spräche, redete vieles, was über den Verstand der Menge hinausging, mit schäumendem Munde …"*

S. 34: NIEMAND SOLL MENSCHEN ANBETEN.

Die katholische Kirche verehrt Maria als jungfräuliche *„Mutter Gottes"* und *„Himmelskönigin"*. Fürbitten an Maria und Mariawallfahrten gehören deshalb zur katholischen Glaubenspraxis dazu. Dagegen nehmen die evangelischen Kirchen Maria gegenüber eine distanzierte Haltung ein. Während sich bei Lutheranern und Zwinglianern noch Überreste der Marienverehrung finden, wird diese von Calvinisten und Täufern als eine Art *„Götzendienst"* abgelehnt.

S. 35: WIR SIND ALLE GLEICH.

Gresbeck berichtet, die Täuferführung hätte gefordert, dass *„alles Gut gemeinsam sein soll, und dass der eine so viel haben soll wie der andere, ob sie nun reich gewesen seien oder arm"*. 1895 schreibt der sozialdemokratische Politiker und Theoretiker Karl Kautsky dazu: *„In Münster tritt der Kommunismus als selbstständige Macht auf – zum ersten Male in der Geschichte"*. Wie es in der Praxis mit der Gleichheit in Münster aussah, ist eine andere Frage.

S. 36: VIELLEICHT WILL GOTT JA WIRKLICH DURCH DIE TÄUFER EINE GERECHTERE WELT ERSCHAFFEN.

Mit der Idee einer „gerechteren Welt“ knüpfte die Lehre der Täufer an eine Tradition innerhalb der christlichen Theologie an, welche die Gesellschaft radikal verändern wollte. Ganz anders Luther: Er vertrat eine Zwei-Reich-Lehre, bei der Religion und Politik klar getrennt und die gesellschaftlichen Verhältnisse unverändert bleiben sollten. Der Luther-Biograph Heinz Schilling hat die beiden Ansätze deshalb als *„zwei unversöhnliche Modelle von Reformation“* bezeichnet.

S. 37: DIE ZEIT DER ERNTE IST NAH.

Bernhard Rothmann, der wichtigste Täufertheologe von Münster, schreibt zu Beginn der Belagerung: *„Nun hat uns Gott gelehrt …, dass nun die Zeit der Ernte ist, dass nun der Herr sein Volk erlösen … und des gottlosen Wesen ein Ende machen will: und das mit dem gleichen Mittel, welches die Gottlosen gegen Gott und seine Diener gebraucht haben“.*

S. 39: NAME? ALTER?

Gresbeck erwähnt in seinem Bericht, dass die Täuferführung bei der massenhaften Zwangstaufe der Bürger von Münster sehr akribisch vorging und sogar Namenslisten anlegte.

S. 41: WIR FÜHREN SIE AUS DER STADT.

Gresbeck berichtet: Die Täufer *„schlugen die Türen auf und haben da einen jeden mit Gewalt aus der Stadt gejagt, die sich nicht wollen taufen … Ist ein böses Wetter gewesen mit Regnen und Schneien und großem Wind“.*

S. 42: EIN FESTE BURG

Das von Martin Luther getextete Kirchenlied von 1527 zählt zu den populärsten Liedern der Reformation. Gresbeck erwähnt, dass auch die Täufer in Münster dieses Lied sangen.

S. 47: HELFT UNS, DIE FALSCHEN BILDER ZU ZERSTÖREN.

„Du sollst dir kein Gottesbild machen“ – das erste der zehn biblischen Gebote begründete das Bilderverbot, auf das in der Reformation der Bildersturm (Ikonoklasmus) folgte. Während sich die Lutheraner meist darauf beschränkten, Heiligenbilder aus den Kirchen zu verbannen, bestanden Zwinglianer, Calvinisten und Täufer darauf, alle Bilder aus den Kirchen zu entfernen. Oft wurden sie dabei vernichtet. Über den Bildersturm in Münster schreibt ein Augenzeuge: *„Mit besonderem Hasse und besonderer Wut aber zertrümmerten sie den Taufstein“.*

S. 56: VERNAGELT DIE ZÜNDÖFFNUNGEN, DANN SIND DIE KANONEN UNBRAUCHBAR.

Es war der einfachste Weg, um Vorderladerwaffen unwirksam zu machen. Dabei wurden große viereckige Eisennägel in die Zündöffnung geschlagen, sodass der Zündkanal zum Kanonenrohr versperrt war.

S. 58: REBECCA WAR DIE TOCHTER EINES REICHEN KAUFMANNS.

Das „Goldene Zeitalter", eine Epoche des globalen Handels und der wirtschaftlichen Blüte, begann für die Niederlande erst im 17. Jahrhundert. Dennoch entwickelte sich Amsterdam schon im 16. Jahrhundert zu einer wohlhabenden Handelsstadt – dank des Beitritts zur Hanse. Der Handel mit Bier, Wein, Salz und Gewürzen stand dabei an erster Stelle. In Amsterdam gab es schon früh auch eine Täufergemeinschaft (vgl. Anmerkung S. 27).

S. 59: APOSTEL

Abgeleitet vom griechischen „apostolos": Gesandter, Sendbote. In der Bibel sind damit in der Regel die von Christus zur Verkündung der „Frohen Botschaft" ausgesandten Jünger gemeint.

S. 65: ... DASS UNS JETZT AUCH DIE LUTHERANER UNTERSTÜTZEN.

Bereits wenige Jahre nach dem Bruch Luthers mit der katholischen Kirche gab es auch innerhalb des evangelischen Lagers Abspaltungen: So sagten sich zuerst Huldrich Zwingli, dann Johannes Calvin von Luther los und entwickelten ihre eigenen theologischen Ansätze, später vereinigt in der evangelisch-reformierten Kirche. Demgegenüber blieb die evangelisch-lutherische Kirche der Theologie des Reformators treu. Ihre Anhänger nannten sich Lutheraner.

S. 67: REBELLION DER BAUERN

Schon vor Beginn der Reformation gab es in verschiedenen Regionen Mitteleuropas soziale Erhebungen. Doch erst die Lehre Luthers lieferte eine Art ideologischen Überbau, unter dem sich die regionalen Einzelforderungen bündeln ließen. Der Aufstand 1524/25 war aber nicht mit Luthers Zwei-Reich-Lehre vereinbar (vgl. Anmerkung S. 36). Der Reformator distanzierte sich von den Aufständischen, die militärisch keine Chance gegen die Söldnerheere der Fürsten hatten. 1526 war der letzte bäuerliche Widerstand gebrochen.

S. 67: SIE LÄSTERN GOTT UND GEFÄHRDEN DEN FRIEDEN.

Lyndal Roper betont in ihrer Luther-Biographie von 2016 die politischen Einwände Luthers gegen die Täufer: „Durch die Taufe wurde ... den weltlichen Autoritäten die Möglichkeit eingeräumt, den äußeren Rahmen der Kirche mitzugestalten, was das Bündnis zwischen der kirchlichen und der politischen Obrigkeit unterstrich. Eine Ablehnung der Kindstaufe hätte eine Destabilisierung der Kirche und ein Abrücken von dieser Zusammenarbeit mit dem Staat bedeutet; diese aufzugeben, hätte Luther niemals in Betracht gezogen".

S. 70: SCHULEN DER TÄUFER

Gresbeck berichtet über die Täufer: *„Sie haben auch fünf oder sechs Schulen eingerichtet in der Stadt ... Alles was sie lehrten war alles von der Taufe und nach ihrer Weise ... Wenn die Kinder in die Schule gingen, so sangen sie erst in der Schule, ehe sie zu lernen begannen, einen deutschen Psalm. Wenn sie wieder aus der Schule kamen, taten sie desgleichen".*

S. 71: DIE WAHRE EHE WIRD IM HIMMEL GESCHLOSSEN.

Für die Täufer war die Ehe ein Abbild der Beziehung zwischen Gott und Mensch. So wie die gläubige Gemeinde mit Jesus Christus einen Bund eingeht, in der beide Seiten aufeinander achtgeben, sollen die Verheirateten sich gegenseitig achten und beschützen. Trotzdem waren die Ehefrauen ihren Männern klar untergeordnet, mussten sie als „Herr" ansprechen und ihnen gehorchen. Zweck der Ehe war es, „den Segen Gottes zu erhalten", also Kinder zu bekommen.

S. 80: WIR MÜSSEN DIE VIELEHE EINFÜHREN.

Wohl kein Thema hat die Phantasien über das Täuferreich von Münster mehr beschäftigt als die Vielehe. Dabei spielten ganz rationale Erwägungen eine Rolle, so vor allen Dingen der Männermangel in Münster. Durch die Vielehe sollten Versorgung und Kontrolle der vielen Frauen gewährleistet werden. Doch es gab auch massiven Missbrauch: Es wurden etwa elfjährige Mädchen in die Ehe und zum Geschlechtsverkehr gezwungen, berichtet ein Zeuge.

S. 89: KÖNIG DER GERECHTEN, AUSGEWÄHLT VON GOTTES GNADEN

Mit seinem Anspruch auf das Königtum setzte sich Jan van Leiden kurzerhand über alle politischen Regeln seiner Zeit hinweg. Seit dem Mittelalter waren die europäischen Monarchien Erb- oder Wahlkönigtümer. Jan van Leiden aber sah sich in einer anderen Tradition: Er hielt sich direkt von Gott berufen – wie im Alten Testament. Über David, der nur ein einfacher Hirte war, wird dort berichtet: *„Da sagte der Herr: Auf, salbe ihn (zum König)! Denn er ist es".*

S. 91: WIE BEI KÖNIG DAVID ...

Der biblische König David diente für die Herrschaft Jan van Leidens offensichtlich als Vorbild. Das gilt nicht nur für die Berufung zum Königsamt durch Gott (vgl. Anmerkung S. 89), sondern auch für die Vielzahl von Ehefrauen, die zum königlichen Hofstaat gehörten.

S. 94: ... WAHREN GLAUBENSBRÜDERN

Zwar wurden die Täufer nach dem Reichstag zu Speyer 1529 auch in den reformierten Staaten verfolgt. Trotzdem betont Jan van Leiden hier die religiösen Gemeinsamkeiten zwischen Täufern und Lutheranern gegenüber dem gemeinsamen Glaubensfeind: den Katholiken.

S. 94: PAPISTEN

Abfällige Bezeichnung für katholische Christen, vor allen Dingen von Protestanten verwendet. Der Begriff leitet sich vom lateinischen Wort für Papst: „papa" ab und will den Katholizismus auf die Anhängerschaft zum Papst reduzieren.

S. 95: ALLE WERDEN KÄMPFEN.

Gresbeck berichtet von einer Art Frauenmiliz, die von den Täufern aufgestellt wurde: *„So haben sie ... alle die Frauensleute auf den Domplatz kommen lassen, die in der Stadt bleiben wollten, von den jüngsten Frauensleuten an. Diese sind auch gekommen mit ihrer Wehr und haben sich auf dem Domhof geordnet aufgestellt rund um den Domhof gleich wie Landsknechte".*

S. 98: STÄNDIG ERHEBEN SICH NEUE SEKTEN.

Neben Lutheranern, Zwinglianern, Calvinisten und Täufern, die sich wiederum in Melchioriten, Hutterer und andere Gruppen aufspalteten, gab es im 16. Jahrhundert in Europa zahlreiche andere religiöse Bewegungen, die im Geist der Reformation ihren Glauben frei praktizieren wollten: etwa die Waldenser, die Böhmischen Brüder, die Zwickauer Propheten, die Socinianer, die Schwenckfelder oder die Antitrinitarier. Fast alle wurden verfolgt.

S. 100: BLOCKHÄUSER

Nicht nur die Verteidiger einer Stadt, sondern auch die Belagerer errichteten seit dem 16. Jahrhundert Blockhäuser zum Schutz ihrer Soldaten. Mit einer ausreichenden Zahl dieser Häuser an strategisch wichtigen Punkten konnte eine belagerte Stadt wirksam von der Außenwelt abgeriegelt werden.

S. 101: PFAFFEN

Ursprünglich eine ehrende Bezeichnung für einen römisch-katholischen Priester, wird der Begriff seit der Reformation zunehmend in abfälliger Weise verwendet.

S. 103: SEIT WOCHEN ESSE ICH NUR WURZELN.

Gresbeck berichtet über die Hungersnot: *„Zuerst aßen sie Pferde … Dann kamen Katzen, Hunde, Mäuse, Ratten, Muscheln, Frösche und Gras. Ihr Brot war Moos … Zuletzt aßen sie auch Ochsenhäute. Alte Schuhe weichten sie ein und verzehrten sie … Die Kinder starben vor Hunger, es starben auch die Alten … Wer nichts hatte, der konnte nichts kriegen. Wer nicht fasten konnte, der mochte vor Hunger hinauslaufen und sich totschlagen lassen …“*

S. 113: VERSCHONT DIE FRAUEN UND KINDER.

Entsprechend dem Kriegsbrauch wurde eine Stadt, die sich nicht ergab, nach der Eroberung zur Plünderung freigegeben. Gresbeck berichtet: *„Als nun die Stadt gefallen war, sind die Landsknechte in alle Häuser gelaufen und haben die Wiedertäufer gesucht in den Kellern und allerorten. Sie haben auch viele gefunden und an den Haaren aus den Häusern auf die Straße gezogen und totgeschlagen. So zornig waren die Landsknechte, dass sie keine Gnade gaben“.*

S. 124: BIST DU EIN KÖNIG?

Gresbeck überliefert diesen Dialog zwischen dem Bischof und dem „König“ nach der Eroberung Münsters. Er zeugt von der Schlagfertigkeit Jan van Leidens selbst nach der totalen Niederlage.

S. 128: KÄFIGE

Ein evangelischer Prediger erlebt die Hinrichtung mit: Jan van Leiden *„wurde an einen Pfahl gebunden und nachher mit feurigen und glühenden Zangen gemartert und getötet, gewiss unter großem Beifall und Freude der Priester … Ich will hier nicht sagen, wie große Standhaftigkeit er bei der Ertragung jener Qualen bewies – nicht einmal einen Laut, als Zeugen des Schmerzes, ließ er hören … Dieses war der schlimme Ausgang dieser bösen Tragödie“.*

AUTOR

DR. ALEXANDER HOGH

Dr. Alexander Hogh studierte Philosophie, Geschichte und Rhetorik in Tübingen, Köln und Berlin. Seit 2003 arbeitet er als selbstständiger Journalist, Historiker und Autor. Für das ZDF, den WDR, ARTE und andere Sender schreibt er Drehbücher und Buchbeiträge mit dem Schwerpunkt Geschichte.

2014 erscheint sein erster Comic im TintenTrinker Verlag: „Tagebuch 14/18: Vier Geschichten aus Deutschland und Frankreich". Die deutsch-französische Publikation erhält in Deutschland zahlreiche Auszeichnungen, darunter eine Nominierung zum Deutschen Jugendliteraturpreis 2015.

ILLUSTRATOR

LUKAS KUMMER

Lukas Kummer wurde 1988 in Innsbruck geboren. Nach seinem Abitur studierte er Illustration und Comic an der Kunsthochschule Kassel, wo er abschließend ein Jahr als Meisterschüler unter Prof. Hendrik Dorgathen absolvierte. Während des Studiums arbeitete er für das Mechanische Institut Kassel als Illustrator, Autor und Gestalter.

Kummer veröffentlicht in diversen Fanzines wie „Batterie", „Triebwerk", „U-Comix" und „Tisch 14". Sein Graphic-Novel-Debüt „Die Verwerfung" erschien 2015 beim Zwerchfell-Verlag.

FACHBERATER

DR. RALF KLÖTZER

Dr. Ralf Klötzer, geb. 1959 in Frankfurt am Main, ist Historiker und Archivar in Münster. Er hat nach seinem Studium in Freiburg und Hamburg seine Doktorarbeit über die Geschichte der Täufer in Münster veröffentlicht und erforscht bis heute weiter die Täufergeschichte.

Ralf Klötzer, Die Täuferherrschaft von Münster. Stadtreformation und Welterneuerung (Reformationsgeschichtliche Studien und Texte, Bd. 131), Münster 1992.

QUELLEN UND BILDNACHWEIS

Gotteskrieger basiert auf: Handschrift des Berichts von Heinrich Gresbeck, um 1540, Historisches Archiv der Stadt Köln (Farragines Gelenianae Band 15 I.)

S. 134
© LWL-Museum für Kunst und Kultur / Westfälisches Landesmuseum, Münster / Hanna Neander
© The Trustees of the British Museum
© Historisches Archiv der Stadt Köln

S. 138
© SLUB Dresden / Deutsche Fotothek / Waltraud Rabich
© akg-images / Berlin

S. 139
© Staatliche Kunstsammlungen Dresden / Münzkabinett / Roger Paul

S. 140
© Stadtmuseum Münster / Tomasz Samek
© LWL-Museum für Kunst und Kultur / Westfälisches Landesmuseum, Münster / Sabine Ahlbrand-Dornseif

S. 141
© Stadtmuseum Münster / Tomasz Samek
© Presseamt Münster / Angelika Klauser

IMPRESSUM

Gestaltung und Satz: Florian v. Wissel, Köln
Korrektorat: Susanne Völler, Cornelia Baddack, Köln
Druck und Bindung: Publikum, Serbische Republik

ISBN: 978-3-946401-08-7

www.tintentrinker.de

DIE KONFESSIONELLE SPALTUNG MITTELEUROPAS UM 1560
KÖNIGREICH ENGLAND
LONDON
THEMSE
AMSTERDAM
NIEDERLANDE
ANTWERPEN
MÜNSTER
HAMBUR
LÜ
HEIL
RÖMISCH
RHEIN
KÖLN
KOBLENZ
FRANK
SPEYER
METZ
PARIS
ORLEANS
LOIRE
KÖNIGREICH FRANKREICH
ZÜRICH
SCHWEIZ
GENF
LYON